Middle

——

著

When someone
you loved
becomes a memory

在你
變成回憶之前

目錄・CONTENTS

When someone

you loved

becomes a memory

序章

When someone
you loved
becomes a memory

2023 年
3 月

· · · · ·

　　早上醒來，詠詩坐在床上，心裡突然感到有一點茫然。

　　彷彿有一種，像是做了一場很長很長的夢的感覺。

　　平常她也會做夢，但從來沒有遇過這種感覺。她拿起手機，沒有未讀訊息，卻見到有一個在凌晨 6 時 32 分的未接來電，沒有來電顯示，來電者也沒有在語音信箱裡留言。

　　她心裡有一種不好的預感，一種她覺得很大可能會變成事實的預感。她忍不住微微苦笑一下，下床到洗手間梳洗，然後又到廚房去烹煮早餐。只是她心裡始終有點恍惚，總是會不自覺地望向手機的方向。

　　吃過早餐後，她從衣櫃拿出一套昨晚已經配襯好的衣服，換穿之後，再到鏡子前悉心化好妝容。一切都很順利，她相信自己應該可以趕得及在九點半前出門，然後在十時正之前，去到位於中環的婚姻註冊處，出席 Raymond 的婚禮。

出席這一個，前男友的婚禮。

只是此刻，詠詩看著鏡子裡的自己，一顆心卻有一種越來越繃緊的感覺。其實沒什麼值得緊張，其實一切都早已經過去了。但縱然她不斷這樣安慰自己，心裡那一點愁緒，卻隨著時間流逝，而漸漸變得濃烈。

然後，九點二十一分，她拿起手袋，準備出門。手機卻在這時候響動起來。

是樂軒的來電。

「喂。」她微笑接聽。

「你出門了嗎？」樂軒的聲音像是有點苦惱。

「就快了，你呢，你已經到了嗎？」

「我還在 Raymond 的家樓下。」

「那⋯⋯你們趕得及到中環嗎？早上中環有可能會塞車

啊⋯⋯」

樂軒苦笑了一下，插口說：「現在有一個更嚴重的問題。」

「什麼問題？」

說到這裡，詠詩感到自己內心忽然跳了一下。

「Raymond⋯⋯他失蹤了，我們整個早上都找不到他。」

聽到樂軒這樣說，詠詩忍不住輕輕呼了口氣。

那點不安的預感，想不到最後還是真的實現了。

01
/
求婚

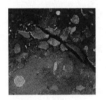

When someone
you loved
becomes a memory

2022 年
4 月
. . . . .

「生日快樂」

夜深，在 4 月 21 日快要過去之前，詠詩收到了 Raymond 這個訊息。

她看著手機螢幕，默然了好一會，最後還是將手機拿起，按鍵回覆：「謝謝：）」

過了一會，Raymond 回道：「今天生日有好好慶祝嗎？」

詠詩躺在床上，拿著手機緩緩回覆：「就只是和朋友出外吃晚飯慶祝」

然後，他一直都沒有回覆。

直到踏入凌晨一時，直到她的睡意開始襲來，手機才收到他的訊息：「不如我請你吃生日飯吧：）」

「謝謝你」

　　第二天早上，詠詩決定這樣回覆他。最後他們約在星期五的晚上見面，他說到時會駕車到她的公司樓下接她。

　　之後幾天，Raymond 每日都有傳她訊息聊天，她有空時偶爾也會選擇回覆。但越是繼續聊下去，她越是有一種感覺，他像是變得跟從前有點不同，可是單憑文字，她又說不出所以然來。是因為他很久沒有主動約會自己嗎？是因為他這樣頻繁地主動傳訊息給自己，自己覺得有些不習慣嗎？還是因為，自己很久沒有和他見面，在過去沒有再見的那段時間裡，他是否會有什麼改變，是否因為這樣才會覺得他變得有點陌生？又還是，變了的人其實是她自己，她依然會在乎他、重視他，只是如今她學會了心如止水，不會再輕易投入其中，因此才會以更抽離的角度，去審視他這一個人？

　　她不知道。或許要等到見面時，才可以真正確認。然後就在她如此胡思亂想下，星期五晚上終於來臨。

「等了很久嗎？」

她打開 Raymond 的車門，一邊笑著問他，一邊坐上副駕駛席。

「不，才剛到。」Raymond 溫文地回道，然後啟動汽車引擎，本來寂靜的車廂，立即響起了歌曲聲。

詠詩立即認出，是岑寧兒所唱的〈空隙〉，是她從前很喜歡的一首歌，而他也是知道她這個喜好。

她裝作沒有留意歌聲，從手袋裡找出手機來檢查訊息。Raymond 卻沒有立即開動車子，轉身從後座拿出一束玫瑰花，然後對她笑說：「生日快樂。」

「……為什麼要送花這樣浪費錢呢？」

她沒有想過他竟然會送花給自己，而且一直以來，她也不是一個特別喜歡收到花束的女生。他看著她又再微笑一下，回道：「只是突然想起，我好像從來沒有送過花給你做禮物，所以就想送一次了。」

看著那一大束嬌豔的紅玫瑰，雖然依然覺得太破費，但是

她心裡還是有一點兒感動。她輕輕嘆息一下，對他說：「謝謝你，但以後真的不要再送花給我了。」

他向她做了一個鬼臉當作回應，然後開動車子，往過海隧道的方向駛去。過了一會，她問他：「待會我們去哪兒吃晚飯呢？」

「赤柱。」他頓了一下，又說：「是我們從前光顧過的那一間餐廳。」

「那間餐廳……還未歇業嗎？」

他微笑搖頭當作回答，她也不再問，繼續捧著玫瑰花，細聽他 playlist 裡的其他歌曲。

〈空隙〉播完後，是林憶蓮的〈依然〉，之後有張衛健的〈身體健康〉，周杰倫的〈世界末日〉，王菲的〈紅豆〉、〈匆匆那年〉，張國榮的〈路過蜻蜓〉，還有孫燕姿〈天使的指紋〉。她確定這個 playlist，是他有心為她編排挑選，因為裡面都是她所喜歡的舊歌，都是他們從前在一起時，都會一同細聽的歌。

下車後，他領著她，緩步走到那間餐廳，只見餐廳的裝潢沒有太大改動，彷彿跟從前他們光顧的時候一模一樣。餐廳沒有其他食客，侍應生領他們到了以前坐過的桌子入座。她心裡一動，輕聲問 Raymond：「是你特意訂這一張檯的嗎？」

　　他微笑向她點一下頭，然後向她遞上餐牌，著她細看點菜。最後他們各自點了一份主菜，他又另外點了一瓶紅酒及一客生蠔。在侍應生離開後，餐廳中央的駐場琴師，以鋼琴奏起了一首樂曲。

　　她最初本來沒有為意，以為是餐廳本身為食客提供的純音樂演奏，怎知細聽之下，琴師所演奏的，是一首很舊的抒情曲，是歌星陳慧琳所唱的〈嚴重〉。她忍不住望向 Raymond，只見他仍是帶著微笑，靜靜的看著她的臉，彷彿一切都在他的預期之中。然後在琴師奏起第二遍〈嚴重〉時，她終於忍不住問他：「原來……你是包了場嗎？」

　　他目光像是有些意外，笑著回答：「想不到你會猜到呢。」

　　「為什麼我會猜不到啊？」她微微苦笑一下，又看了一眼正在演奏的琴師，又說：「你知道嗎，這一首歌，之前我從來

沒有在任何地方，聽過純鋼琴演奏的版本。」

「但網路上面可以找到樂譜呢。」他輕輕笑說。

「你怎知道我喜歡這首歌呢？」她苦笑著問。

他看著她，目光像是有點難過，但下一秒鐘，她又覺得像是自己看錯了。他輕呼一口氣，緩緩笑著回答：「因為你喜歡《安娜瑪德蓮娜》這齣電影嘛。」

《安娜瑪德蓮娜》是一齣在 1998 年香港上映的愛情喜劇電影，由郭富城、陳慧琳、金城武主演，導演奚仲文還邀到張國榮、袁詠儀、張學友等紅星客串。當時電影並不算十分賣座，但直到現在，依然獲得不少資深影迷追捧及推崇。

Raymond 自然知道，詠詩是這齣電影的忠實粉絲，因為她會搜羅及收藏這齣電影的各式影碟、當時的舊海報及明信片、甚至日本版的電影原聲大碟。但她記得自己從沒有向他提起過，她是因為這齣電影，而喜歡上〈嚴重〉這首歌。過了一會，他輕輕續說：「你真的想知道答案嗎？」

她想點頭，但心裡忽然有一種直覺，自己這刻不應該給任何反應。

　　就在這時，侍應生送上了紅酒及生蠔。Raymond 笑道：「先吃東西吧，吃完我們再談。」

　　詠詩微微點頭，忽然想起，很多年前他們第一次光顧這間餐廳，他們當時就是點了一客生蠔及一瓶紅酒做晚餐。那是一個深秋的黃昏，他們在附近四處拍照，天色不經不覺已經昏暗下來，她對他說感到有點餓，於是他提議在附近找餐廳用餐。只是當時大部份的餐廳都已經滿座，要不就是定價太高，他們負擔不來，最後才幸運地在這間餐廳找到這一張空檔。

　　打開餐牌，原本她是打算點最便宜的肉醬意粉，怎知他卻忽然說很想吃生蠔，然後不等她的回應，就向侍應生點了生蠔及紅酒，還說來到這麼有情調的餐廳，怎可以不喝一點酒來紀念一下。

　　然後就在那一夜，他們一邊喝著紅酒，一邊感受著秋涼，一邊天南地北，直到餐廳打烊，他們也捨不得暫停。然後她也終於確定，自己是真的由衷喜歡上，這一個久別重逢的人。

她一邊回想往事，一邊看著如今眼前的他，心裡越來越確定，這天晚上他是有備而來，他應該是想要對自己表示一些什麼。但她仍是裝作不懂，一邊默默吃著生蠔，還有侍應生之後送上的主菜，一邊拿出手機來撥動，或是偶爾眺望餐廳外的海岸和夜空。

　　然後她留意到，他的態度也像是沒有半點焦急，彷彿是充滿信心，還是其實原來只是她自己想得太多？她心裡漸漸有些緊張，又有些患得患失。終於，吃完主菜，他又為她添了一點紅酒，過了好一會，他才對她笑道：「記得以前你提過，每隔一段時間，你會翻出《安娜瑪德蓮娜》的影碟出來重看。那時候我問你，真的有這麼喜歡這齣電影嗎，但你每次也只是微笑不答。後來……和你分開後，有時感到寂寞，我也會學你一樣，找來這齣電影的影碟來播放。然後不記得在重看了多少遍後，有一次電影放完了，我默默細看電影的製作人員名單，裡面提到電影的主題曲和插曲，其中一首插曲是陳慧琳主唱的〈嚴重〉。我不由得感到奇怪，因為這電影我已經重看了無數遍，都不曾有聽到過〈嚴重〉這首歌。於是我忍不住再立即重播一遍電影，打醒十二分精神去細看，直至再重看到第三遍，才發現電影播放到三十分鐘的時候，劇情提到金城武在一間餐廳為鋼琴調音，餐廳當時所播放的音樂，原來就是〈嚴重〉這首歌，就只是因

為戲裡金城武與其他角色正在對話，歌曲的聲量被刻意調低，隱隱約約的，因此一般觀眾是不容易發現得到。」

詠詩看著他，心裡有點感慨，因為她實在無法想像，他竟然會因為自己的一點喜好，而耗費這麼多心神與時間。從前她以為，他就算有多喜歡一個人，他也不會為對方投入太多太深，他需要被愛多於需要愛人。她微微搖頭一下，輕聲問他：「那你又怎知道，我會喜歡這首歌呢？」

他對她輕輕笑了一下，臉上充滿自信地說：「就是會知道。」

她知道他每次展現這樣的自信笑容時，其實很可能是言不由衷。但是她沒有再問下去，就只是讓身子輕輕挨在椅背上，靜待他接下來要說出的話。

終於，他喝完杯裡的紅酒，輕呼了一口氣，將身軀微微傾前，然後勉力微笑一下，緩緩對她說：「我們可以重新在一起嗎？」

詠詩感覺得到，他的語氣雖然平穩，但心情其實是無比緊

張和專注，他從來沒有在她面前展現這一個模樣。她知道，自己此刻不能有任何不必要的反應或說話，有機會讓他有一點兒誤解。只是同時間，她內心也有一點兒傷感，為什麼他們會走到來這一地步，為什麼這一位自己曾經最重視的人，如今會在她的面前變得這樣陌生，這樣遙遠。

最後，她輕輕對他說：「對不起。」

他聞言後，就只是對她輕輕微笑一下，沒有再說話。

結賬後，他送她乘搭的士離開，他說會到附近的海灘閒逛一會，等酒醒後才駕車離開。但她知道，他只是不想再與自己繼續相對。於是她向他揮手道別，一個人離開赤柱。

後來，他們沒有再聯繫。她也沒有再在手機裡，收到他的訊息。

後來，三天之後，她下班後乘車回家時，無意間滑動臉書，發現 Raymond 昨天晚上在臉書裡對所有朋友公佈，他向一位叫 Cherrie 的女生求婚，而對方已經答應了，他的朋友們都留言送上祝福。

詠詩點了一下 Cherrie 的個人檔案，看到她的個人照片，確認自己並不認識這個女生，心裡只覺得哭笑不得。詠詩忍不住想，如果 Raymond 本來打算向另一位女生求婚，那為什麼在早兩天的晚上，他又要向自己表白？

　　還是因為自己沒有接受他的表白，於是他才轉而向那位 Cherrie 求婚，然後結果求婚成功？想到這裡，詠詩不由得疑惑，他對那個 Cherrie 到底有多認真。只是同時間她又發現，自己當下的心情，是生氣多於悲哀。原來自己對他的感情與不捨，已經比她自己所想像中的來得要輕要淡。

　　她忍不住苦笑一下，伸手按鈴下了巴士，隨即在路上又截了一輛的士，跟司機說前往深水埗大南街。不一會她到了目的地，走進一間古典風裝潢的咖啡店。店裡的咖啡師——樂軒抬眼見到她，對她微笑說：「不好意思，我們要打烊了。」

　　「還沒到七點鐘，你就不能再應酬一下我嗎？」詠詩一邊嘆氣，一邊坐在吧檯前，又說：「我想要一杯 Americano。」

　　樂軒看了她一眼，問：「你確定真的要點這個？你不怕自己睡不著嗎？」

她搖搖頭，對他嚷道：「我現在最需要的，就是清醒。」

聽到她這樣說，樂軒也不再問，在咖啡機前專注為她沖調 Americano。咖啡店裡只剩下詠詩一位客人，其他店員也早已經下班，因此氣氛也顯得格外沉靜。過了一會，她輕聲問道：「你知道 Raymond 成功求婚嗎？」

「知道啊。」樂軒輕聲說。他與 Raymond 自中學就已經認識，是一對很好的朋友。

「那你知不知道，他在三天之前，向我表白，想要和我重新在一起嗎？」

「知道啊。」樂軒仍是輕聲回答。

「……你知道？」詠詩有些意外，有些哭笑不得。

「他有提過，想要和你復合，但不知道你會不會答應。」樂軒將 Americano 放到她的面前，又說：「但是我不知道他什麼時候跟你表白，他沒有告訴我太多。」

「就是上星期五的事啊，你竟然不預先提醒我。」她怨聲說。

「不好意思我忘了。」

他向她合十道歉，但她覺得他根本是故意的。

「那麼他後來向別人求婚呢，事前他有告訴過你嗎？」

樂軒看了她一眼，過了一會才說：「他前兩天有跟我提過。」

她追問：「你不覺得他很過分嗎？昨天才向以前的情人提出復合，失敗了，第二天就向另一個人求婚，他這個人……根本不知道尊重為何物吧？」

樂軒緩緩地回答：「在你的角度而言，他像是很不尊重你，但你其實應該知道，一直以來他對你是真心真意的。」

她想反駁樂軒，但又發覺無法駁斥。她只好問：「……那麼，他現在的未婚妻……Raymond 對她就是不認真的？」

「以我所了解，他對 Cherrie 也是認真的。」

「那……即是怎樣呢？他對那個 Cherrie 是認真的，但又對我真心，想和我復合，他這樣的人……究竟知不知道自己想要什麼？如果他想跟別人結婚，又為何要來請求我復合？如果我答應他，那他還要不要跟別人結婚？如果別人又答應他的求婚，那他是又想要再享齊人之福嗎？」

樂軒輕輕嘆息，拿起自己放在咖啡機前的檸檬水喝了一口，然後說：「與其說，他是想要跟你復合，不如說，他是想要放下你吧。」

「……我不明白。」

「不如你先告訴我，為什麼你不答應他的復合呢？」

她感受到樂軒的注視，不知為何有點不太自在。她緩緩地回答：「其實後來我也一直在回想，為什麼我會拒絕他……他是我很重視在意的一個人，但我想，可能我對他已經失去了愛情的感覺……我會想念他，想知道他的近況，如果他遇到不快樂或不如意的事，我也會想去關心他、慰問他，但這點感情並

不再是愛情，而是一種接近……家人的情感？其實我自己也不真正明白，或許我是未能完全放下他吧，但是我知道，我們已經不可能再重新開始了。」

「又或許，你現在這個狀態，就是已經可以真正放下他的狀態？並不是只有完全不思念一個人、不再與對方有任何牽連糾纏，才算是真正放下一個人，而是在那個人面前，你可以繼續問心無愧地去做回你自己，可以坦白承認或接受，你沒有忘記這個人，在以後的人生裡，你依然會跟這個人有或多或少的牽連，因為你們是曾經一起同行的人，有過的回憶與情感是無法抹走的，也不應該執著要去放下或忘掉。」

她默默咀嚼樂軒這番說話，最後苦笑說：「我想，如果像你所說的話，我或許還未可以完全對別人坦誠，自己仍然忘不了他，仍然會為了他的事情而過分認真和生氣呢。」

「哈哈，你還是會為他向你表白不遂而向別人求婚而生氣。」

「怎可能不生氣啊？」她又抱怨了一會，忽然這樣問：「是你告訴 Raymond，我喜歡〈嚴重〉這首歌嗎？」

樂軒搖了搖頭，回道：「是他自己有天來問我，你是否喜歡陳慧琳的〈嚴重〉，我才告訴他的。」

　　「我就猜到。」她輕嘆了一聲。

　　「其實他應該也猜到，你最後會拒絕他的復合請求。」

　　「如果明知道我會拒絕，那他為什麼還要特意弄這麼多事情出來……」

　　「猜到與確定，是有分別的嘛。」樂軒對她微笑一下，又說：「而且如我之前所說，他是想要放下你，才會向你告白，或許是會讓你有些尷尬或難堪，但這樣他之後才可以有勇氣再重新開始。」

　　「……我不明白。」

　　「這本來就是不容易明白的事情。」樂軒攤一攤手，對她笑說：「你還有其他問題想問嗎？我們這裡真的要打烊了啊。」

　　詠詩看看手錶，原來已經七時三十分。她問他：「你待會

約了人嗎？」

　　他點點頭，她猜他應該是約了女朋友倩瑩。於是她將剩餘的 Americano 一飲而盡，嚐到了一絲苦澀，然後獨自離開了咖啡店。

02

/

尋覓

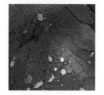

When someone
you loved
becomes a memory

2021 年
12 月
・・・・・

平安夜，詠詩沒有約會任何人。

她獨自乘車到銅鑼灣時代廣場，在一家美式連鎖快餐店吃過晚飯。想看齣電影，發現所有院線已經滿座。她心裡感到有些無奈，又四處隨意逛了一下，最後還是在不知不覺間，走到了大坑。

但與其說她是不知不覺，不如說她其實是有心讓自己留在銅鑼灣區遊逛到大坑。自從上星期，她無意中從樂軒口中知道，Raymond 已經從澳洲回到香港，並搬回大坑的舊居後，她幾乎每天都會以各種理由或藉口，前往大坑附近的銅鑼灣遊逛。

她不是沒有注意到，自己的這點反常，因為她平常本來甚少前往銅鑼灣，她也不是一個喜歡逛街的人。她知道自己其實只是想碰見 Raymond，想看看這一個已經兩年沒見面的人，如今會有哪些轉變，如今自己是否還會對這一個人，有太多的執迷不悟，有太多的放不低。

但過去五天，她始終未能在銅鑼灣或大坑，碰見過他的身影。而縱使如此，自己仍是每天繼續前往銅鑼灣，始終沒有想過暫停或放棄，完全反證了自己是真的還沒有放下，甚至變得比之前還要執迷。

「不如打電話給他吧？」

詠詩曾經這樣想過，也知道他仍然保留著之前的手機號碼。只是那個撥出鍵，她始終無法下定決心按下去。

是因為自尊心，她希望是他首先主動致電給自己？還是因為害怕，如果他沒有接聽自己的電話，結果反而會讓自己感到尷尬，甚至反而會顯得她仍然念念不忘……她自己其實也分不清楚。

對於 Raymond，來到這天，她是已經分不清楚，是仍然喜歡，還是仍然不忿。從前可以和他在一起的時候，她真的覺得很快樂，只是那點幸福感實在太短暫，所帶來的反差亦太過深遠。她其實知道，他們很難再走在一起，因為彼此內心都有著一道刺，她會記得他的種種不是，而他也會記得她的狠心絕情。

過去幾年，她一直都在努力飾演，一個不會輕易原諒他的前女友。因為她知道，只要自己稍一心軟，就會輕易被他重新站在主導的位置，然後自己又會再一次陷得太深。但其實她也會同樣害怕，自己有天可能會完全失去他的喜歡與重視。漸漸，她越來越討厭自己這些既扭曲、也自相矛盾的想法與心理。

　　如果可以，她只想簡單純粹地去喜歡一個人，去得到對方同一樣的喜歡，而不是像如今這樣既想得到擁有、又想逃避掩飾的卑屈愛情。如果可以，她好想立即直接跑到他的家門前，跟他說仍然很想念他，好想跟他重新在一起，而不是自己一個人在街上獨自流離，然後因為自己始終無緣碰見他的身影而患得患失。

　　名副其實的自討苦吃。

　　想到這裡，她不禁抬起臉，看到自己在不知不覺間已經走到中央圖書館。只要再走大約五分鐘，就會走到 Raymond 的家樓下。真的還要繼續這樣下去嗎？她微微苦笑一下，然後走到附近的巴士站，乘上可以回家的巴士。她決定這天晚上，暫時不要再讓自己漫無目的地尋覓下去。

然後，她坐在巴士上層車廂的最後一排座位，看出窗外，她忽然想起樂軒以前問過的一個問題。

　　「你有試過在街上漫無目的地尋找一個人嗎？」

　　「不會漫無目的地尋找吧？」還記得當時的自己，這樣子反問樂軒：「既然是去尋找，總是應該要有一個想要尋找的對象，而不會是漫無目的地亂走吧？」

　　「理性是這樣，只是有時就是會有一種，不知道自己在尋找什麼，但仍是想要去找到的感覺。」

　　「不知道自己的目標，於是為了尋找那個目標，而漫無目的地去尋找嗎？」

　　「類似是這樣。」

　　「那樣的話，也太令人難受吧？」

　　「或許吧，但我相信，很多人都曾經遇到過這種迷惘的時候呢……對他們來說，最重要的，並不是有沒有找到自己想要

尋找的目標，而是他們付諸實行去尋找的那個過程，有沒有為他們自己換來一點滿足，或是補償的感覺。」

「你說得很玄呢。」

「玄嗎？」

「嗯。」

「隨你喜歡吧。」

「那麼，你又有沒有試過，在街上漫無目的地尋找一個人呢？而那個人又是誰啊？」

但當時樂軒沒有回答她這些問題，就只是對她微微苦笑搖頭，然後去招呼咖啡店裡的其他客人。

想到這裡，詠詩忽然覺得，原來她並不如自己所想像般，真正了解樂軒這位朋友。

她拿出手機，已經踏入凌晨零時，於是她致電給樂軒，想

跟他說聲「聖誕快樂」。

只是他的手機未能接通，不知道是他在忙，還是已經入睡。不，他應該是正在和女朋友一起慶祝聖誕吧。詠詩搖頭苦笑一下，看出車窗外，只見巴士已經駛到她所住的地區，於是她按鈴下車，往自己家的方向走去。

然後，就在快要到達自己所住的那幢大廈時，她忽然發現，前方不遠處有一個熟悉的身影，正在大廈前的街道徘徊。

是 Raymond。

她不由得感到意外，但是更教她自己感到意外的是，這刻她竟然停下了腳步，沒有想要上前和他相認或打招呼，甚至在他的視線快要與自己碰上前，躲在一輛停泊在路邊的車子之後，像是不想被他發現，不想面對眼前的他。

但自己過去幾天，不是一直想要在銅鑼灣遇見他嗎？自己還特意走到他的家樓下，往他所住的地方仰望，就好像如今的他那樣，他也同樣在抬頭，像是想查看她的家有沒有亮起一點燈光。她心裡不禁迷惘起來，不明白自己為什麼會躲在一旁偷

看，並為自己還沒有被他發現而感到安心。

　　她默默觀察 Raymond，只見他外表像是沒有太多改變，還是一貫地懂得穿著打扮，偶爾會展現一點從前所沒有的成熟穩重氣質。只是她依然沒有想要上前步近他的衝動。

　　二十分鐘後，她的手機收到了他的來電。她選擇沒有接聽。他又抬起頭，往她的家再看一眼，最後一個人落寞地離開。

　　那天之後，她沒有再前往銅鑼灣漫無目的地遊逛。後來她與 Raymond 有在其他場合碰面，但是她沒有向他提起那天晚上的事，以後也沒有告訴任何人知道。

03
/
暫忘

When someone
you loved
becomes a memory

2020 年
10 月

. . . . .

　　樂軒知道詠詩心情不好，於是與倩瑩商議，邀請詠詩和他們一起去離島三日兩夜宿營。

　　詠詩最初婉拒了幾次，說不想做他們的「電燈泡」、打擾他們約會。但是樂軒一再向她保證，倩瑩也好想她能夠參與，還不時給她觀看他們預訂的房子照片，讓她漸漸心動。

　　最後，因為她實在沒有其他事情可做，於是就接受了樂軒邀請，和他與倩瑩三人行，去南丫島宿營三日兩夜。

　　他們約在中環碼頭集合，詠詩比預定時間早了十五分鐘到達，想不到倩瑩比她來得更早，一個人站在碼頭旁邊撥手機。

　　「早晨啊。」

　　詠詩主動向倩瑩打招呼。

When someone
you loved
becomes a memory

倩瑩見到詠詩，滿面堆歡，笑道：「早晨，你有來真的太好了。」

「不怕我做你們的『電燈泡』嗎？」詠詩笑問。

倩瑩笑笑搖頭，說：「可以和你一起宿營，我們都很期待呢。」

詠詩其實一直也好想更深入認識倩瑩這個女生，倩瑩兩年前和樂軒在一起，但她們平時不常碰到，最多就是在詠詩到咖啡店找樂軒時，才有機會遇見剛好也去探班的倩瑩。倩瑩是一個外表溫文可愛的女生，與樂軒的性格及興趣也頗為相似，詠詩經常聽到他提起她的優點，把自己的女友誇讚得人間罕見。因此詠詩也不禁對這個女生有著一定程度的好奇。

兩人談了一會，見到樂軒拿著兩大袋東西到達碼頭。原來他與倩瑩在半小時前已經來到碼頭，只是他要去超級市場買食物，於是留下倩瑩在碼頭等詠詩。這時碼頭傳出廣播，提醒乘客可以上船，他們三人連忙購票入閘，不一會就坐上了前往南丫島的渡輪上。

「說起來，我也很久沒去宿營了。」詠詩看著大海，忽然感慨。

「有多久呢？」倩瑩笑問。

詠詩指了指樂軒，說：「我對上一次去宿營，就是和他及其他的大學同學，去長洲的東堤小築住兩日一夜。」

「東堤小築，聽說那裡很猛鬼啊？」倩瑩好奇地問。

「或許吧，但當時他們一群男生，就只顧著在屋裡打麻將，吵鬧得很，我和其他女同學忍受不了，結果最後都走到沙灘去聊天、看日出。」

「都六、七年前的事了，你還記得啊？」樂軒插口說。

「這個人啊，以前可是幼稚得很。」詠詩指著樂軒，對倩瑩笑說：「我們一群女生在沙灘看日出，本來場面很浪漫，但他竟然率領其他男生，偷偷走到我們背後，將沙子倒在我們頭上，結果弄得大家看完日出後，要回去房間裡淋浴清理。」

「真的很幼稚啊。」

　　倩瑩皺眉說，樂軒臉有點紅，詠詩看得很賞心。之後他們繼續談天說笑，半小時後渡輪已去到南丫島。

　　下了船，走了大約二十分鐘路程，他們去到宿營的地點，是一幢白色雙層渡假屋。底層是一個極寬敞的客飯廳，裝潢簡約整潔，而且還有開放式廚房可供煮食。上層則有兩間睡房及浴室，每個房間都有露台，可以欣賞極美的日落景色。此外，他們更可以上去天台，坐在椅上看晚星或日出。

　　詠詩與倩瑩都對屋裡設施讚不絕口，更相約明天清晨要一起到天台看日出。接著樂軒笑問如何分配房間，詠詩原本以為他與倩瑩會同睡一間房，怎料倩瑩卻挽著她的手，說女生當然要住在較大的那一間房，然後將樂軒的行李送到另一間房，讓他哭笑不得。

　　晚上，由倩瑩負責下廚，煮了茄汁帶子炒意粉、香草雞扒燴飯，伴以新鮮水果，詠詩嚐過後，忍不住對她的廚藝讚不絕口，而樂軒卻挑剔意粉有點太硬，雞扒煎得過熟，但倩瑩沒有半點惱怒，就只是對他做了個鬼臉。飯後，樂軒去了洗澡，詠

詩與倩瑩一人拿了一瓶啤酒，上天台去賞星喝酒。詠詩忍不住問：「你喜歡樂軒的什麼呢？」

倩瑩回頭查看，確保樂軒不在天台，才微笑回答詠詩：「他很可愛啊。」

「什麼地方可愛啊？」詠詩好奇追問。

「很難逐一說明呢。」倩瑩抬起頭，默想了一下，然後說：「剛才晚飯後，我們去了士多買雪糕，你記得嗎？」

「記得啊。」

「我們回來後，我問他，有沒有幫我洗碗，你記得他當時是怎樣回答嗎？」

詠詩記得，她們回到渡假屋時，樂軒已經將碗碟洗乾淨了。但是當時他是如何回答倩瑩，她卻沒有半點印象。

倩瑩看到詠詩沒有回答，於是自己說下去：「他當時是回答，『我沒有幫你洗碗』，我正想問他為何不洗碗，怎知他接

下來又說，『但我已經洗好碗碟了』。」

「我沒有幫你洗碗，但我已經洗好碗碟了……這句話有什麼特別啊？」詠詩苦笑，既然晚飯是由倩瑩負責，那麼樂軒幫倩瑩清洗碗碟，她覺得很合理平常。

怎知倩瑩卻一臉甜蜜，輕輕地說：「你不覺得，他這樣的想法和態度，是最可愛的地方嗎？大多數人都不喜歡在晚飯後負責洗碗碟，可碗碟總需要有人去清洗，有些人會被迫或勉為其難地去做，但他們是用一種『我幫你洗』的想法或姿態，以為自己是在幫下廚者洗碗，自己是犧牲了一些什麼來完成這項創舉。問題是，那些人也是有份吃晚飯啊，而洗碗的責任本來沒有規定是由下廚者去負責的啊。」

詠詩聽見後不由得呆住，她沒有想過倩瑩的心思原來如此細密，對樂軒的觀察和了解也是如此獨到。然後她想起，以前和 Raymond 同居時，晚飯後他總是會顧著玩手機遊戲，從來不會去洗碗甚至做其他家務，全部都交給她來負責，美其名是信任，實則就是不想負責。想到這裡，她不由得微微苦笑。

倩瑩見詠詩沒有說話，於是開口問：「你和樂軒是怎樣認

識的呢？」

「我們是大學同學……嗯，這個你應該早知道了。我們與另外六個同學，從 year 1 起被教授分到同一組做 project，之後幾年我們八人一直沒有想過要調組或拆伙，於是漸漸就變成了好朋友。」

「原來如此。」

「你覺得很奇怪嗎？」

「對啊，你外表這麼漂亮，很難相信樂軒會主動邀請你做組員呢。如果是教授編排的話，這就很合情合理了。」說完倩瑩做了個鬼臉。

「我哪裡漂亮啊，而且他們基本上都不把我當成女性，經常在我面前口沒遮攔、粗言穢語。」說到這裡，詠詩忍不住重重嘆了口氣。

「那詠詩你現在沒有喜歡的對象嗎？」倩瑩又問。

「喜歡嗎……」詠詩低下頭來，想起 Raymond。「我喜歡的那個人，現在不在香港。」

「他移民了嗎？」

「不，他去了澳洲 working holiday。」

「什麼時候會回來？」

「我也不知道，我們很久沒聯絡了。」說到這裡，詠詩輕輕嘆了口氣。

過了一會，倩瑩問她：「唔……那你們是怎樣認識的呢？」

詠詩看向倩瑩，問：「樂軒沒有跟你提起過嗎？」

倩瑩微笑搖了搖頭。

「我們以前是小學同學，畢業後就沒有再聯絡了。後來因為樂軒的關係，我和他重新再遇上，之後我們就成為了情侶。」

「嗯……那後來你們為什麼會分開？」

詠詩本想還在思考是否應該如實回答，但這時樂軒來到天台，跟倩瑩說：「輪到你去洗澡了。」

「啊，我們正談到重點啊！」倩瑩埋怨。

「什麼重點？」

樂軒側頭問，但倩瑩沒有回答，就只是對詠詩吐吐舌頭，然後就下樓去了。

樂軒與詠詩對望了一眼，然後坐在倩瑩剛才坐過的位置，看著夜空伸了一個懶腰。過了一會，詠詩對他說：「倩瑩真的很不錯啊。」

「我早就跟你這樣說過。」

「她願意做你女朋友，你真是三生有幸。」

樂軒無視她的取笑，逕自問她：「心情有變好一點了嗎？」

「你又知道我心情不好。」詠詩苦笑。

「認識你已經這麼多年了，再怎麼粗心大意，也會注意到你近來的狀況並不太好。」

「……謝謝你。」

「仍會想他嗎？」

「我也不知道。」

「那即是有想念吧。」

「說完全沒想就是騙人的……」

樂軒輕輕嘆了口氣，沒有說話。

又過了一會，詠詩問他：「他有沒有跟你提過，什麼時候會回來？」

「應該明年吧，當初他說會去兩年。」

「兩年……」詠詩低頭苦笑一下，說：「為什麼他可以下定決心，離開這裡這麼長時間呢？」

「我想，他可能不是真的懷著極大的決心想要離開，而是他相信自己有天會回來這裡。」

「這不是很矛盾嗎？」

「但你所認識的他，就是這樣矛盾的人啊。」樂軒苦笑回道。

之後，詠詩沒有再說話，喝完了啤酒，她向樂軒揮揮手，到了客廳拿出手機來撥動。

她知道，自己其實並不投入這次的渡假。尤其是，自從上星期，她無意中發現，Raymond 原來開了另一個 Instagram 賬戶，裡面除了有他拍攝的照片，每天晚上他都會上載一段仰望夜空的影片 stories。然後偶爾，他會在影片裡說幾句話，或當日的心情。然後偶爾，他會輕唱一段歌詞，大部分都是周杰倫的歌曲。因此，她不時都會用第二個賬戶，偷偷去看他有沒有在線，有沒有任何更新。

然後每次她都會問自己，要不要留言給他，要不要讓他知道，自己的真正身分，自己其實還會在乎。

然後她想起，他為什麼會這樣離開，自己為什麼會這樣難受，他們為什麼會變成只能夠用這一種方式，來繼續思念與喜歡更多，來繼續疏遠及逃避下去。

想到這裡，她躺在沙發上，用手臂遮掩雙眼，不想讓別人看見自己的淚。

然後過了不知多久，她的心情開始平復。她坐在沙發上，發現茶几上多了一個玻璃杯，裡面盛載住啡白色的飲料。

詠詩捧起玻璃杯，微微呷了一口，是一種熟悉的、久違的甜，讓她感受到一種溫柔的暖意。

第二天清晨，他們三人特地提早起床，上到天台，一起靜待太陽升起。

倩瑩為大家煮了一頓豐盛的早餐，再一次讓詠詩讚不絕口。之後他們走到沙灘去踏浪，又去了風車發電站拍照，在榕樹灣

大街隨意光顧一間餐廳，吃了美味的海鮮和乾炒牛河。

　　按照原本計劃，他們下午會參觀索罟灣的魚排，只是詠詩
忽然覺得有些疲倦，於是他們就回去渡假屋休息，坐在露台上，
對著海景愜意地睡了一個午覺。

　　醒來時天已漸黑，詠詩聞到一點烤肉的焦香，原來樂軒正
在使用天台的燒烤爐來烹調食物，她與倩瑩索性將餐具與啤酒
帶上天台，三人在夜空底下天南地北，直到晨曦乍現才盡興。

　　最後，在準備乘渡輪離開南丫島時，詠詩特意走到樂軒身
邊，輕聲對他說：「謝謝你們，特意為我安排了這次渡假，我
已經很久沒有試過這樣放鬆。」

　　樂軒微微笑了一下，說：「你開心就好。」

　　「是了，」詠詩忽然想起，第一天晚上那杯啡白色飲料。
「你怎知道我喜歡喝黑糖牛奶？我以前在你咖啡店裡，有點過
黑糖牛奶嗎？」

　　樂軒看了她一眼，又看向正在泊岸的渡輪。過了一會，他

對她說：「是以前 Raymond 告訴我的。」

詠詩本來燦爛的笑臉，瞬間凝住。

那一點思念，又再次掩蓋了整個世界。

049

When someone
you loved
becomes a memory

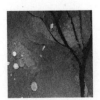

04

/

黑糖牛奶

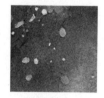

When someone
you loved
becomes a memory

2019 年
5 月

· · · · ·

夜深，詠詩和朋友看完電影，自己一個人乘地鐵回家。

然後在地鐵站的出口，她看見 Raymond 撐著雨傘，帶著微笑，悠悠地看著她。

是碰巧嗎？他怎會知道自己住在這一區？

「很久沒見了。」

他主動向她打招呼，她輕輕「嗯」了一聲回應。

「回家嗎？」他輕聲問。

「你……怎知道我住附近？」

「樂軒告訴我的。」

原來如此。

「你在等人嗎？」詠詩問他，心裡有點緊張。

「我在等你。」他輕快地回答，又說：「你有時間嗎，我想帶你去一個地方。」

她一時間反應不過來，但對於這種突如其來的節奏，感到一種熟悉、懷念的感覺。她輕輕「嗯」了一聲，打開自己的雨傘，跟在他的身後，往附近的一個停車場走去，乘上了他的車子。

開啟引擎後，車廂裡的音響播放著周杰倫的〈軌跡〉。不一會，車子駛離了停車場，往觀塘繞道的方向駛去。詠詩發現，他應該是將音響設定為單曲循環模式，因為在〈軌跡〉播放完後，下一首播放的依然是〈軌跡〉。

詠詩本身對這首歌沒有特別的偏愛，但從前和他在一起的時候，他偶爾會哼唱曲裡的歌詞。久而久之，她也開始記得這首歌的歌詞與旋律。

「我們要去哪裡呢？」她問他。

「九龍城。」他笑著回答。

她看出車窗外，認得的確是正在前往九龍城的路。她又問他：「你現在不住大坑了嗎？」

「咦，你怎知道的？」他的語氣像是無比訝異。

「我亂猜的⋯⋯你現在是住在九龍城嗎？」

聽到她這樣說，他忍不住失笑了一聲，說：「你以為我現在是載你回去我的家嗎？」

她心裡有點窘，但臉上裝作如常，反駁他：「我就只是想知道你會帶我去哪裡。」

他又輕笑一下，嘆氣說：「你放心，我不是住在九龍城。」

她將目光放回車窗外，看著雨點不停打落在玻璃窗上。過了一會，她又問他：「Christy 最近好嗎？」

Christy 是他的妹妹，以前詠詩和他在一起的時候，她時常都會見到 Christy，他們兄妹的感情很不錯，詠詩也很喜歡 Christy 這個女生，如果可以，她也想擁有一個像她一樣的妹妹。

　　怎知道，Raymond 聽到她這樣問後，像是茫然了一會，最後這樣回答：「應該好吧……我也差不多半年沒見過她了。」

　　詠詩不禁追問：「為什麼？」

　　但是他沒有回答，良久，他才輕聲說：「或許過幾天，我會找時間去見她。」

　　她只好不再問，這時車子已經駛到來九龍城。在區內遊轉了一輪，他終於在一條橫街找到一個泊車位，將車子停了下來。

　　這時雨勢開始減弱，就只是有點飄雨，她認為不需要打開雨傘，但他下車後，卻主動將自己的傘遮在她的頭上，然後兩人肩貼著肩一起往前走。

　　詠詩心裡感到有點不自在，想要逃開，卻又覺得有些突兀。想要叫自己平常心看待，卻又不禁回想從前和他冒雨撐傘的那

些時光。

　　然後在不知不覺間，她隨他來到一間咖啡店前。咖啡店已經拉上大閘，店內也沒有半點燈光。Raymond 將雨傘收起，然後俯下身，像是用鎖匙打開了大閘，接著又再開啟玻璃門，熟練地開動了店裡的燈光與空氣調節系統。

　　她忍不住問他：「你是在這裡上班嗎？」

　　他笑答：「之前是的。」

　　「之前？」

　　他輕輕「嗯」了一聲，又對她說：「你隨便找個位子坐吧。對了，你會覺得餓嗎？」

　　詠詩在看電影前吃過晚飯，但已經是四個小時之前。她如實回答：「有一點。」

　　然後他向她點點頭，就往水吧走去，不一會就聽到烹調的聲響。她在店門旁邊的角落位置坐下，環看這間咖啡店，裝潢

是一般咖啡店常會見到的文青風設計，空間感不俗，座位與座位之間相隔頗寬，應該適合閒談或靜靜品嚐咖啡。

　　她拿出手機，在 Google Map 搜尋這間咖啡店，見到有 4.4 星的評價，相當不俗。她以前很少來九龍城，因為附近沒有地鐵站，交通不算方便，她也沒有朋友住在這附近，而且她也不知道 Raymond 原來在這間咖啡店上班……就連樂軒也沒有告訴她這件事情。她有問過，但樂軒總是顧左右而言他，始終不肯好好回答。後來她猜想，以他們的友好程度，樂軒應該是答應了 Raymond，不會向她透露他在這裡上班。於是後來她也沒有再問，反正自己又不是很想要知道。每次她都會這樣提醒自己。

　　又過了大約十分鐘，Raymond 從水吧走出來，拿著一碟食物，還有一個咖啡杯，放在詠詩的餐桌上。只見碟上放著炒蛋、一撮肉醬意粉、已經切塊的香腸和蕃茄，他對她笑著說：「這是我在冰箱找到的食材，你就嚐嚐我的手藝吧。」

　　詠詩想起，以前和他同居的時候，他從來沒有為自己下過廚，想不到現在他可以煮出這一頓有模有樣的迷你版 All day breakfast。她用叉子嚐了一口炒蛋，又吃了肉醬意粉和香腸，覺得味道相當不俗。她問他：「這是在咖啡店鍛鍊出來的手藝

嗎？」

他笑著向她點頭，然後又指指咖啡杯，說：「也嚐嚐這個吧。」

「現在喝咖啡，我怕我會睡不著……」

「這杯不是咖啡呀。」

聽到他這樣說，她心裡一動，只見杯裡盛載著啡白色的飲料，就像是咖啡店常見到的 Latte 與 Cappuccino。她拿起杯子，輕輕呷了一口，一股熟悉的甜味瞬間佔據了味蕾，原來這杯並不是咖啡，而是黑糖牛奶。

「好喝嗎？」

他問，一臉熱切地。

她向他點點頭，然後又再喝了一口黑糖牛奶。她沒有告訴過任何人，其實她對咖啡並不是特別喜愛，但她會光顧不同的咖啡店，是因為她想要看看餐牌上有沒有黑糖牛奶這款飲料，

她忘不了從前第一次喝到黑糖牛奶時，所帶給她的滿足、幸福與愉悅的感覺。

但想不到，在這一個晚上，在這間從未去過的咖啡店，自己竟然會嚐到，由 Raymond 為自己所烹調的黑糖牛奶。她看著他，他也回看著她，兩人都沒有說話。於是她只好拿起叉子，繼續吃炒蛋和意粉。

這時外面的雨勢又開始變大起來，有些雨點打在咖啡店的玻璃窗上，發出滴滴答答的聲響。然後，她吃完最後一塊蕃茄，放下叉子，她輕聲問他：「你這夜特意來找我，是有什麼事呢？」

Raymond 輕輕呼了口氣，又過了一會，才開始說：「三年前，我一個人去了台北……你記得嗎？」

詠詩點點頭，心裡感到一絲刺痛。

「去到台北後，最初我一直都在尋找 Maggie 所住之處，可是她的行蹤藏得很隱蔽，又搬過幾次家，找了兩個月，我還是無法查探到她真正所住的地方，就只能確定她一個人到了台灣。

有些人說她在台中出現過，於是我又去了台中，但在台中想要找到一個有心躲藏的人，原來比台北還要困難⋯⋯一個月後，我只好回到台北。我知道不可以這樣放棄，但那時候的感覺，真的猶如大海撈針⋯⋯

「然後有一天下午，我去到一間咖啡店，想喝杯咖啡提提神，無意中看到餐牌上其中一款飲料，然後我就不自禁地立即向侍應生下單，不一會，侍應生就送來飲料，就是你剛才在喝的黑糖牛奶。最初我也不明白，自己為什麼會點黑糖牛奶，因為我原本想要喝的是咖啡嘛，我從來都沒有特別喜歡喝牛奶⋯⋯但是當我嚐了第一口那杯黑糖牛奶後，我腦裡立即記起了，從前我們還在一起時，你喝到黑糖牛奶時的快樂滿足的模樣⋯⋯原來我一直都記著那一幕，即使我們當時已經相隔得很遠很遠⋯⋯

「那天之後，我每天都會去那間咖啡店，喝一杯黑糖牛奶。後來跟店裡的老闆混熟了，他就教我沖調咖啡及炒咖啡豆的技巧，然後我發現，自己原來很喜歡沖調咖啡的過程，很喜歡看到客人喝到喜歡的咖啡時，臉上的滿足感⋯⋯於是我更努力學習鑽研技術，更專注追求咖啡的質素。而這一切，都是源自於你這一杯黑糖牛奶。」

詠詩靜靜聽著他的這番說話，心裡不無感動。只是她還是輕輕嘆了口氣，對他說：「但你最後還是沒有找到 Maggie。」

　　「我在半年前終於找到她……原來她後來回來了香港。」

　　「那麼你有成功和她辦離婚手續嗎？」

　　「終於辦好了。」

　　「那不是很好嗎？」詠詩忍不住苦笑，又說：「你的女朋友應該會很高興。」

　　「……我沒有女朋友呀。」

　　「你不用騙我了，我在街上遠遠碰見過你們幾次，你們當時都在牽手。」

　　「她……真的不是我的女朋友。」Raymond 忍不住嘆氣。

　　詠詩冷笑一下，說：「其實你也無須向我解釋呀，你要與誰在一起，也是與我無關。只要你不會再來欺騙我，我就已經

心滿意足。」

　　他看著她，臉上滿是無奈的神情。過了一會，他輕輕的問：「我們真的非要弄到這個田地嗎，真的不可以好好地交談、和好如初嗎？」

　　「如果你曾經試過，被一個原本很信任的人，一個你將對方視為託付終身對象的人，徹底欺騙了一整年，你覺得自己之後還會有勇氣和信心，再去重新相信這一個人，甚至回到從前、和好如初？」

　　詠詩說出這一番話時，語調雖然平靜，但 Raymond 看在眼裡，完全感受到她的不滿、難受和傷心。他想對她再解釋什麼，但又發現有些事情已經無從說起。

　　「所以，其實……」詠詩吸一口氣，緩緩地說下去：「與其再奢想如何可以和好如初，倒不如我們嘗試學習如何放過彼此，你開不開心也好，我有沒有得到幸福也罷，都與對方不再有關係了，不要再因為執著想要回到過去，到最後反而換來更多遺憾與傷害……可以嗎？」

「但我真的放不下你，你明白嗎？」Raymond 用雙手撫了一下臉龐，苦笑說：「這兩年來，我嘗試過想與別人在一起，但是始終都無法尋回，從前和你在一起時的那種感覺……」

「那我呢？過去幾年，我時常都做惡夢，夢見你又不辭而別，夢見你原來還說了更多的謊話來欺騙我，全世界原來就只有我一個人被你蒙在鼓裡……」說到這裡，她低頭苦笑一下，勉力忍住眼眶裡的淚水。「我變得不敢再去相信愛情，也變得不敢在任何關係裡太過投入，不相信自己值得被愛，也不敢去對別人付出所有，因為縱使我做得再好，最後還是換來這種收場……這種滋味，你又真的會明白嗎？」

Raymond 沒有回答，但臉上滿是歉疚。

「所以，如果你是真的這樣認真，想要再重新開始的話……」詠詩站起身，對他幽幽地說：「我們就用時間來證明，我們到底還有沒有再一次走在一起的緣分吧。」

「你確定……真的想這樣嗎？」

他抬起臉問她，雙眼帶著疲累。但她還是肯定地向他點一

下頭，然後在淚水快要滑落前，離開了咖啡店。外面仍然下著細雨，但是她不想打開雨傘，任由雨水來洗刷，她臉上的淚痕。

這一夜他突然主動找她，為她解開了一些疑惑與鬱結，她其實有一刻想過，不如就這樣原諒他，不如給彼此一個機會，再重新在一起。只是下一秒鐘，她還是會記起，當日揭穿真相時的痛苦與冰冷，還有後來每天，猶如活在世界末日裡的無助與煎熬。到底，現在他是真的認真想要再重新開始嗎？到底，自己是真的可以再重新相信這一個人嗎？這一切都來得太突然，讓她無法有自信地去作出任何決定。她需要多一點時間，去驗證自己和他的真正想法、真實的情感。彷彿是一場給予他的試驗，但她知道自己同時也在逃避面對。

後來，可能因為淋雨的關係，她病了差不多一個星期，才真正復原過來。

後來，有天她到樂軒的咖啡店探班，樂軒告訴她，Raymond已經前往澳洲，在當地 working holiday 兩年。原來他來找她的那一夜，是他要出發離開前的最後一夜。

後來，2019 年中開始，香港以至整個世界，發生了很多事

情。人與人之間的距離，變得前所未有的遙遠，有些事情不再像從前那樣理所當然，有些人就算曾經如何親近或重視，但漸漸還是變得不會再見。

後來，她每次回想起自己當晚的那個決定，都會無比自責，後悔不已。

065

When someone
you loved
becomes a memory

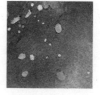

05

/

生日快樂

When someone
you loved
becomes a memory

· · · · ·

這天是樂軒生日。

詠詩知道他沒有節目，於是自告奮勇，說要替他好好慶祝。

樂軒最初婉拒了幾次，例如說自己本來想留在家裡玩手機遊戲，不需要特別慶祝。但詠詩知道後，反而變得更加想要幫他慶祝生日，不准他留在家裡做宅男。樂軒拗不過她，於是他們決定晚上去唱卡拉 OK 慶祝。

他們約了晚上六時三十分，在銅鑼灣的 Sogo 門口等。樂軒在六時十五分就已到達，本來還想去個洗手間後再回來，卻沒想到詠詩已經站在門口，似乎已經到了一段時間。他走到她的面前，對她揚一揚手，她才彷彿如夢初醒，笑著對他說：「你來了嗎？」

樂軒微笑點一下頭，然後說：「等了很久？」

「不……我也是剛到。」

他留意到她的額上，微微有點汗珠，雙頰也有些緋紅，然後想起今天中午氣溫高達三十五度。於是他說：「我有些東西想在 Sogo 買，買完之後才去卡拉 OK，好嗎？」

詠詩點點頭，然後隨樂軒的腳步走進商場內。其實樂軒並不是真的有東西需要購買，但他還是在商場不同的部門裝作尋找，最後他在十樓的日本書店，買了一本模型雜誌月刊。而他平時根本就不會砌模型。

一路上，詠詩都沒有怎麼說話，彷彿心不在焉，又彷彿是沒有精神。結賬後，樂軒一邊將雜誌收進背包裡，一邊留神詠詩的臉。過了一會，他忍不住伸手去摸她的額頭，感覺有一點熱，於是問她：「你是不是發燒了？」

詠詩輕輕搖頭微笑，但眼神反而更添迷糊的感覺。樂軒輕嘆了一口氣，對她說：「不如不要唱卡拉 OK，我送你回家吧。」

她露出一個失望的表情，說：「那即是不慶祝嗎？」

「慶祝事小，健康事大啊。」

「但我想幫你慶祝啊。」她一副想哭的神情。

最後樂軒還是無法違抗她的意願，兩人去到本身已預訂好的卡拉 OK，因為樂軒生日，而且這天並非假日，店方主動為他們將房間升級做八人房。只是當他們走進房間後，反而覺得裡面有點太過寬敞，甚至顯得有些寂寥。

「壽星仔，你有什麼歌曲想要點唱呢？」詠詩紅著臉，向樂軒笑問。

他知道她現在只是強打精神，但還是回應她想唱周杰倫及陳奕迅的歌，然後打電話到服務台，請侍應生送來一杯室溫水。之後他們合唱〈開不了口〉、〈人來人往〉，侍應生這時敲門進內，送上了室溫水。樂軒從背包取出了止痛消炎藥，對她說：「先來吃藥吧。」

「你……為什麼會有藥啊？」她笑問，一臉茫然。

「我經常會頭痛，所以背包會常備幾顆頭痛藥。」

「但是我現在沒頭痛啊……」

「我不管，你快點給我吃藥。」

詠詩看到他這樣堅持，於是吐吐舌頭，緩緩將藥片吞下，再喝了一點水，之後拿起麥克風喊：「我們繼續唱歌吧！」

樂軒拿起自己的麥克風，陪她又唱了〈一路向北〉、〈明年今日〉、〈兄妹〉，當唱到〈世界末日〉時，他看看點歌的螢幕，見到她之後點了〈一切還好〉、〈突然好想你〉、〈到此為止〉、〈如果我們不再見〉。他心裡輕嘆，但還是一首一首陪她唱下去。

或許是藥效的關係，又或許是真的倦了，唱到後來，詠詩都是挨坐在沙發上，有時就只有樂軒一個人在唱。然後，到了唱 S.H.E 的〈安靜了〉時，樂軒看到她已經睡著了，即使音樂響起，她也不知道要拿起麥克風去唱。於是他將音響聲量降低，放下自己的麥克風，拿出自己的手機來撥。

過了大約一個小時，詠詩醒轉過來，看到樂軒還在撥手機。她滿臉歉意地問：「抱歉……我睡了很久嗎？」

「也不是很久，大約一小時吧。」樂軒回道。

「真的很抱歉……是呢，你為什麼不喚醒我啊？」

「你不舒服，多睡一點也是好的。」

「我沒事啊。」

「你還逞強。」他搖搖頭，又說：「既然你已醒來，我們結賬吧。」

她又露出一個失望的表情，咕噥：「但我還沒唱啊。」

「你不是已經唱了很多首歌了嗎？」

「但……我還有一首歌想唱啊。」

樂軒嘆一口氣，拿起遙控，問她：「是哪首歌呢？」

她默然了一會，最後說：「〈嚴重〉。」

然後樂軒也沒有多問，去到女歌手的頁面，再點選「陳慧琳」，翻了三個頁面，找到了〈嚴重〉。不一會房間就響起了〈嚴重〉的鋼琴聲前奏與旋律。

　　她喜孜孜地拿起麥克風，看著螢幕輕聲細唱。樂軒覺得她的臉色比之前稍好，但還是有點倦容，於是用遙控器點選「結賬」。最後他再陪她多唱了兩首歌，才離開卡拉 OK。

　　兩人走到銅鑼灣軒尼詩道，他看看手錶，已經過了九時。詠詩忽然問他：「你覺得餓嗎？」

　　「你餓嗎？」他反問。

　　她點點頭。

　　「那……你有什麼想吃呢？吃粥好不好？」

　　「我不想吃粥。」她頓了一下，接著笑說：「我們去吃日式咖哩吧。」

　　「你生病了，還吃日式咖哩？」

「但是真的很好吃啊，而且我還沒請你吃生日飯。」

　　樂軒心裡無奈，但最後還是跟她走了大約五分鐘的路，去到謝斐道的一家日式咖喱餐廳。雖然已是晚上九時，但是餐廳還是幾近客滿，他們等了快五分鐘，店裡才有空位可以讓他們入座。

　　「你知道嗎，這家餐廳已經有很多年歷史啊。」詠詩拿著餐牌，輕聲對樂軒說。

　　「嗯。」

　　「他們的咖喱飯是傳統的日式風味，你一定要試試呢。」

　　「嗯，我知道。」樂軒說。

　　詠詩聽到他回答得心不在焉，抬起臉望向他，只見他像是專注在餐牌上，細看這間第一次光顧的餐廳有哪些食物提供。但最後她還是忍不住，緩緩地問：「你之前來過這間餐廳嗎？」

　　樂軒聞言，也抬起了臉，對她又再輕輕的「嗯」了一聲。

When someone
you loved
becomes a memory

最後，他點了鐵板牛肉套餐，她點了照燒三文魚套餐。他們都沒有點與咖哩有關的料理。

飯後，她說還想到附近吃雙皮奶作為宵夜。但是他說他也累了，而且吃不下宵夜。她這次無法拗過他，只好走到地鐵站乘車回家。

他住在樂富，她住在藍田，於是他們乘坐港島線到北角，打算再轉乘將軍澳線及觀塘線回家。在車程中，詠詩又開始睡眼惺忪起來。轉搭將軍澳線時，車廂有很多空位，他們坐在門旁的位置，不一會她就已經睡著了。

只是將軍澳線的車程很短，乘了兩個車站，樂軒又要喚醒她轉線。然後再乘搭一個站，便到達了藍田。她向他揮手告別，但樂軒卻沒有回應，就只是默默跟她下車，和她一起出閘，步出了地鐵站。

「你不是說累嗎？」她問他。

「你這個樣子，很難叫人放心讓你自己一個回去。」他嘆氣。

「嗯……真的麻煩你了。」她滿臉歉意地說。

她住在藍田的麗港城，步出地鐵站後，還要走十五分鐘的路，才會去到她所住的那一幢大廈。在路上，他們邊聊邊走，她忽然問他：「為什麼你會突然辭去原本的工作，去做咖啡師呢？」

樂軒抬起臉，回道：「唔……有很多原因啊。」

「是因為他的介紹嗎？」

雖然她沒有說明「他」是誰，但樂軒知道，她是指Raymond。他微笑一下說：「其中一部分是因為他啦，更主要的原因是，我之前工作的公司，制度越來越僵化，實在看不到前景……而且以前年輕時也有夢想過，有天想開一家屬於自己的咖啡店，所以就趁現在還未算很年老時，跳出舒適圈試試了。」

「原來如此。」她輕輕笑了一聲，又說：「以前讀大學時，都沒有聽說過你有這個夢想呢。」

樂軒臉上難得微紅一下，回嘴：「夢想這回事，如果不開

始實行，那又有什麼好說呢。」

　　她「嗯」了一聲，沒有再說下去。又過了一會，她問：「剛才那間日式咖哩餐廳，之前也是他帶你去的嗎？」

　　樂軒側頭看一看她，說：「他每次都會點咖哩豬扒飯，但我還是覺得鐵板牛肉比較好吃。」

　　她輕輕點一下頭，笑道：「我以前也有吃過，覺得不錯。」

　　「嗯。」

　　「他⋯⋯最近過得好嗎？」

　　「我有一陣子沒有見過他，近來就只是用短訊聯絡。」

　　「他和那個女生發展得好嗎？」

　　「我沒有問，他也沒有主動告訴我這些事情。」

　　「嗯⋯⋯」

「他有找過你嗎？」

她沒有回答，最後輕輕搖了搖頭，他只好不再問。

終於，去到她所住的大廈，她向他揮揮手，對他說：「這次真的要說再見了啊。」

他對她點點頭，然後也揮一下手，目送她走進大廈裡，然後轉身離開。

走到地鐵站時，他收到她傳來的訊息。看看手機時鐘，是23：58。他輕輕按鍵打開訊息，只見她這樣說：

「謝謝你送我回家啊，我剛才量過體溫，已經退燒了，謝謝你的頭痛藥呢」
「晚安:)」

他回了她一個笑臉，按下傳送，然後輕輕呼了口氣。

8月12日，是樂軒的生日。

這是他認識她這麼多年以來，她第一次為他慶祝生日。

但他知道，她並不是真的想要為自己慶祝。

他打開 Instagram，點進 Raymond 的賬戶，見到昨天他貼了一張相片，是一個點了蠟燭的生日蛋糕，應該是那個女生和他慶祝生日時所拍攝。

而 Raymond 的生日，是 8 月 11 日。

就只不過是如此而已。

他將螢幕關上，收起手機，繼續走進地鐵站裡。

然後告訴自己，不要再有下次，也不會再有下次。

079

When someone
you loved
becomes a memory

06

/

冥王星

When someone
you loved
becomes a memory

2017 年
12 月

‧ ‧ ‧ ‧ ‧

「為什麼有些人，明知道不可能，明知道不應該繼續下去，明知道不會得到幸福……但最後還是會不捨得放手離開，還是會相信一個奇蹟或可能，到頭來反而讓自己變得遍體鱗傷？」

『或許是因為，我們不可能每一個時刻都保持理性，尤其是面對一段依然在乎或曾經重視的關係與感情……』

『你會想，自己已經付出過這麼多，但還是未能如願，或是又會想，如今就算再難過，彷彿也沒有昨天那麼難過了，然後又會高估了自己或是對方的認真與情深，相信自己或對方還可以改變、會為自己改變……』

「但其實這些都只不過是自己的一廂情願吧……」

「其實，只要可以狠心的、灑脫一點的放手、離開，那就可以找回那一個原本快樂自由的自己吧，是嗎？」

『或許，但對某些人來說，這又何嘗不可以是另一種一廂情願呢……』

『有些人離開了才會快樂，有些人卻是，離不開，反而才會讓自己感到心安……』

「嗯……」
「那麼我想，我還是未可以真正放下他吧」

『如果他曾經對你如此重要，那麼你是否真的沒有放下，又真的那麼重要嗎』
『可以放下，是意外收穫，或是一份禮物，但放不下，也是人生的必經階段與課題嘛』

「但我真的累了」
「每天醒來，我都會問自己，為什麼會變成這樣」
「我知道自己真的很沒用」
「這一年來你已經開解過我很多，但我始終無法快樂起來」

『有些事情真的急不來……』

「是的」
「從今開始，你就讓我嘗試學習自己一個人面對，好嗎」
「謝謝你」

11 月

．．．．．

「不知不覺，他已經有兩個月沒有傳訊息給我了」

『你還會回看從前與他的短訊嗎？』

「有時」

『為什麼還會回看呢？』

「因為在短訊裡，從前的他，依然是很溫柔……從前的我
們，是那麼的快樂」

『即使現在你們都不會再往來？』

「是呢」
「很矛盾吧」
「我不想原諒他，但我又會想念他」

『而你是不打算會讓他知道』

「除非你偷偷告訴他」

『他從來不會在我面前問起你』

「嗯……」
「偶爾，夜深睡不著的時候」
「當我那天感到很累很累很累，當……我對將來感到惶惑不安的時候，我都會不期然地想起，曾經有一個人，願意一直陪著自己，一起面對各種風雨……」
「縱使他已經不在了，他是一個過去了的人，但他留給我的這點溫柔，我永遠都不會忘記，也不會想要忘記」

『嗯』

「很傻吧」
「他又不會知道」

『不傻』
『誰沒有這樣傻過呢』

10 月

· · · · ·

「你曾經試過這樣嗎……想放棄一個人，但是始終都放棄不了」

「有多少次明知道自己應該離開，最後還是會在對方的不遠處一直徘徊」

『這樣子的情形，與其說放棄，不如說自己其實還在等待吧』

「等待？」

『等待一個可能，或奇蹟……等待一個答案，讓自己可以徹底地心死』

「其實……都明知不會有可能，繼續苦苦堅持，就只是不想讓自己留有遺憾而已」

『但往往，這樣拖拉下去，那點遺憾未必可以得到彌補，有時反而會累積更多更深的疲累，也會換來更多的不甘心』

『到最後，自己竟然會陷得更深，就算真的好想放棄，到時也已經變得身不由己，又或是變得不再像從前的你……』

「嗯，我明白……」

『你真的明白嗎？』

「嗯」

9 月

‧ ‧ ‧ ‧ ‧

「你有遇過這一種人嗎……」
「他偶爾會對你說，很想念你，但是他從來不會主動去找你」
「就算你想找他，也很難找得到他，而你們其實已經很久沒見了……」

『或許他是欠缺一點勇氣？』
『又或許，他只是想念那一個從前的你，而他在回憶裡就

已經可以找到你了，所以他不必再與現在的你有更多聯繫……』

『而其實，有時我們想念一個人，不等於想見一個人，也不等於就是忘不了對方、對這一個人有太深的喜歡』

『就好像你想念他那樣』

「哈哈」

「偶爾他會傳短訊過來，問我為什麼會離開，為什麼我們不可以再回到從前、和好如初」

『那你會怎麼回答他？』

「每次我都不會回答」

「即使我心裡仍然會感到遺憾，仍是會想，如果可以再和他重新開始，可能會有不一樣的結果……」

「但接著我又會想起，我們其實是已經不可能了」

「或許有一段時期，我們是最了解對方的人，那時候我們充滿默契，只是後來當我重新再檢視這一個過程，其實……我們只是碰巧看到對方比較溫柔的一面，我們誤會了對方就是與自己最相襯的一個人……就只不過是如此而已」

『但你們以前在一起的時候，不是也真的很快樂嗎？』

「快樂，但也會有傷心，會有疲累的時候……而當有天，疲累的情緒越積越深，我再沒有力氣與溫柔，去承受他下一次的傷害時，我就會忍不住反問自己，為什麼還要默默忍受下去，為什麼還要守在他的身邊……」

「為什麼他只是會問，我為什麼要離開他，而他從來都不會反省，他是做了哪些事情讓我心淡，他是犯了哪些過程，讓我終於可以下定決心，以後不要再見」

8 月

. . . . .

「還沒睡嗎」

『還沒』
『你呢』

「在想一些事情」

『你是在想他吧』

「你又知道？」

『他昨天生日嘛』

「是的」
「有沒有一些約定，直到現在，你仍然會念念不忘？」

『唔⋯⋯為什麼這樣問？』

「只是忽然想起，以前我和他約定過，以後每一年，我們都要成為第一個向對方說生日快樂的朋友」
「還有，我們要一起去一次旅行⋯⋯去日本，去屏東，還有去阿根廷」
「只是現在都不可能再一起實現了」

『嗯⋯⋯通常最念念不忘的，都是一些明知道不可能再完成的約定』

「嗯」
「或許有時候，那些約定是什麼，約定最後有沒有達成，其實並不是太重要⋯⋯」

「真正讓我們念念不忘的，是那個跟自己一起許過約定的人，想再有一次機會去重新開始，或是想好好地跟對方說最後一次再見而已」

『那麼，他後來有跟你說過生日快樂嗎』

「說起來，我和他認識以來，就只有聽過一次，他跟我說生日快樂呢」

『就是在你舊居天台那一次？』

「咦，你怎知道的啊」
「那一次，原來你也有份佈置的嗎」

『也不算有份，就只是幫了一點忙而已』
『最主要還是 Raymond 策劃』
『他總是會有這種出人意表的念頭』
『你當時應該很驚喜吧』

「嗯」
「又怎會想到，他會在我生日的時候，把我家黑沉沉的天

台佈置成一個燈光燦爛的庭園，然後在那裡準備好蛋糕與禮物，
要為我慶祝」

　　「原本我還以為，他是已經忘記了我的生日」

　　『當時很感動吧』

　　「嗯」

　　『你們是在那天開始在一起的嗎』

　　「是的」
　　「20150421」
　　「不經不覺，兩年過去了」
　　「睡了嗎？」
　　「晚安」

7 月
· · · · ·

　　「有時候，我們決定以後不會再主動去找某一個人……或

許不是因為那個人變得不再重要了、想從此疏遠對方了，而是我
們漸漸無法再確認，自己在對方心目中，是否依然那麼重要……
他仍然是你心底裡最重視的人，但你已經無法再知道，他是否
還像從前一樣那般重視你」

『總有一天，你會漸漸習慣，以後不會再見到他，不會再
聽到他的聲音，不會再收到他的問候與晚安，不會再打聽到他
的近況……即使你還是會思念這一個人，但有天你還是會接受，
對方就像是活在平行時空裡的另一個人，就算不會再交集，也
是理所當然、只能如此，就算……有天在路上幸運遇見，但他
也會裝作不再認得你，而你也會覺得……這樣也好，這樣也算
是一種好聚好散，只要他喜歡就好』

「真的會習慣嗎……還是要等上很久很久以後，才可以變
成一種習慣？」

『只要他不會再主動找你，只要他以後真的不會與你的世
界再有交集，就算你有多不捨得、不想放棄，最後還是只能去
接受，去習慣這一種你不想要的轉變』

「但其實，現在我們也是沒有交集，他也已經很久沒有找

我」

「那為什麼我還會覺得那麼痛苦」

『以前沒有他的時候，你也可以過得很好啊，不是嗎？』

「是的，但問題是，後來我遇上他，他讓我知道什麼叫做快樂、什麼叫做寂寞……」

「從前我一個人，可以活得自由自在，現在每次我抬起頭，看到漂亮的天空，我都會想他可以在我身邊，我才明白原來只要可以伴在一起，就算將來會有很多困難，就算我們此刻相隔很遠，但只要知道兩顆心始終會連在一起，我就會覺得充滿勇氣，可以繼續面對各種不安與挑戰……」

「以前我不認識他，他就只是一個陌生人，現在他變回一個陌生人，但他也是我生命中的一個刺痛，一個遺憾……我以後是真的只會跟這一個人繼續錯過」

「那我又怎可能像從前一樣，可以裝作毫不在乎，可以自信地說，我一個人還是可以活得很好……」

『那你有想過，要原諒他嗎』

『我知道有些事情對錯，真的很難輕易去說原諒』

『但如果你始終捨不得，你還是會一直記恨，到頭來，最

難受的人，還是忘不了的那個自己』

「原諒很難」
「但重新相信一個人，有時其實更難……」

『嗯』

6 月

· · · · ·

「是不是因為他是我的初戀，所以我才會對他這樣念念不忘？」

『和他在一起之前，你未曾試過喜歡其他的人嗎』

「試過」
「但真正刻骨銘心的，就只有這一次」

『你都說了刻骨銘心，那又怎麼會這麼快就忘掉呢』

「一年了，還不可以讓我忘掉嗎」

『有些人過了十年也是忘不掉』
『應該是與時間多寡無關吧』

「是呢，你的初戀是發生在什麼時候？」

『在讀中學四年級的時候吧』

「你當時有向對方表白嗎」

『沒有』

「為什麼」

『因為當時我都不太肯定，自己是不是真的喜歡她』
『等到我真的確定自己的情感，對方就已經跟我的好朋友
在一起了』

「為什麼要確定那麼久呢」
「現在的男生，不是應該先和對方在一起，才去慢慢思考

對方適不適合、自己是不是真的喜歡嗎」

『好吧，是我的思想比較古板』

「古板軒」

『 =＿＝ 』

5 月
· · · · ·

「你有試過嗎，在夢裡，你遇到那一個人，你們最初仍然像從前一樣親近，只是漸漸你感覺與他的距離越來越遠，你很想去問他原因，問他為何你們的關係會變得如此陌生，但是他始終都不會回答，由得你一個人留在原地裡徬徨無助地徘徊⋯⋯然後每次驚醒過來，你依然會感到心痛或委屈，有時還會流淚⋯⋯你有試過這種情況嗎？」

『試過』
『你近來有做這種夢嗎？』

「偶爾」

『最近壓力很大嗎？』

「我也不知道」
「而且都習慣了」

『其實你不必在人前假裝堅強』
『你想找人談的話，也可以找我』

「但如果不假裝，明天就很難繼續撐下去」

『開始的時候，或許會是這樣』
『但漸漸你或會感到一種前所未有的輕鬆，會出現一些新
的想法，會覺得，自己並不需要這麼在意別人的目光，其實我
們不需要勉強自己一直對人微笑下去』

「你知道嗎，比起假裝堅強，有時我更害怕，當自己感到
軟弱無力的時候，發現身邊並沒有任何人，其實沒有一個人可
以陪我走過那些脆弱不安的時刻」
「有時假裝堅強，不只是為了掩飾自己的軟弱，其實也是

想要自己別再記起，這些日子以來有過的寂寞與孤單……我知道自己可以選擇不假裝，只是我還未找到一個人，願意去理解我的脆弱，願意陪我一起面對未來的殘酷與幸福……」

「我可以表現得軟弱，但我只會在那一個人面前表現我的軟弱……你明白嗎？」

4 月

· · · · ·

「為什麼有些人，心裡想念的是某一個人，但是又會選擇跟另一個人在一起？」

『總是這樣子，想念的人，並不等於是如今最喜歡的人，也不等於就是適合在一起的人……』

『例如，我可以想念一個人想念到失眠，但是不等於我希望跟這一個人繼續無止境的冷戰或吵架……』

『我會想念自己曾經喜歡過的人，但是不等於我會喜歡現在的他』

『我可以自憐自傷，但不希望我們兩敗俱傷』

「嗯⋯⋯所以即使有多想念也好，但其實並不是真的想對方再回到自己身邊⋯⋯是嗎？」

『至少這一刻，這一點想念，也不是為了要得到一個實質的結果』
『想念再多再深，也是不會帶來太多改變』

「昨天他在訊息裡說，想跟我做回朋友」

『那你怎樣回答他呢』

「我問他，有找到他的前妻嗎」
「但是他沒有回答」
「那即是代表他找不到，他們還未正式離婚吧」

『嗯』
『聽說是的』
『他很努力去尋找，但還是找不到』

「既然找不到，那麼又為何再與我糾纏呢」

『他只是不想就這樣完結吧』

「我以前也沒有想過，我們最後會是這樣子完結」

『或許從朋友開始，會不會比較輕鬆』

「做不成情人，又何必欺騙自己做朋友」
「或許我不應該再理會他的短訊，因為我發現，無論他再如何傷害我、讓我更難堪，我也不會有更壞的感覺」
「彷彿我已經對他的自私任性開始免疫了，但其實我從來沒有真正復原過來」

『你只是麻木了，而你依然是不堪一擊』

「嗯」

『那你還會繼續跟他做朋友嗎？』

「其實他不會也真的只想跟我做純粹的朋友吧……」
「其實他就只是想我會繼續回覆他，繼續忘不了他而已」

『唉』

「有些人與事，真的不可以再有下次」

　『就只怕，你不想再有下次，但是對方還是會再回來找你，給你一些不能肯定的願景，然後你又再一次忍不住心軟，又再一次委屈你自己』

3 月
· · · · ·

　「從前會以為，想要放下一個人，就是以後都不要與對方再見，只有將曾經有過的連繫完全的割捨斷開，這樣才可以真正放開一個人，放過彼此」

　『嗯……不是這樣的嗎？』

　「但原來，這只是一種不得已的放下，就只是透過不要見面，來勉強自己去嘗試忘記罷了……」
　「而這其實並不一定會成功，因為有天你們還是可能會再

見，會有新的交集」

　「即使你曾經以為自己成功放下了，但當你再看到對方的笑臉、聽到他的聲音，你才會發現，原來自己什麼都沒有忘記，甚至是始終都未可放開」

　『那如果，將來有天你和他偶然再會，就算你仍然會因為對方的笑臉而心跳，仍然會對這一個人有太深的喜歡，但是你不會再強求他的好，不會勉強他為你停留，也不會再為這一個仍然重要的誰而想得更多……若是如此的話，這樣又算是真正放開嗎？』

　「我也不知道這算不算是放開……但至少我是學會放棄，放棄再去留住這一個人……」
　「至少不會再讓自己重複犯錯下去」

　『嗯』

2 月
· · · · ·

「你有試過嗎」

「有天在路上遇到一個人」

「你發現他很像你一直想念的人」

「但是當你再看真一點，才發現自己原來認錯人」

「再看真一點，原來那個人一點也不像他」

「就只不過是，自己太想念那個人罷了」

『日有所思』

「夜有所夢」

「後來，就算我可能會再對其他人動心，但還是會不自覺
地與那一個人比較，還是會覺得有著那一個人的影子……」

『但這不代表，你仍然想跟那一個人在一起，你的心依然
只屬於那一個人啊，是嗎？』

「只是會覺得……自己的心裡仍然留有那一個人的回憶，
始終沒有真正的放下與忘記，自己實在不應該跟其他人重新開
始……」

『我想，世界上的大部分人，都是帶著舊有的回憶與經歷，

在各自的人生裡繼續向前進發、冒險，然後與新認識的人去製造新的回憶啊……』

　　『只不過，如果你依然會有一點內疚，會因為自己依然未能忘記舊情而帶有一點罪惡感……那其實你也不用勉強自己立刻去投入新的愛情』

　　『在這一天，你只是跟那一個新的對象，欠缺一點點緣分與決心……未能完全忘記、未能放下過去，並沒有對錯之分，真的不必因此而怪罪自己，因為思念一個過去的人而懲罰自己』

1 月
. . . . .

「睡不著」

『嗯……為什麼睡不著呢？』

「我想，我真的累了……」
「有時會覺得，沒有辦法再支撐下去了，會好想就這樣放棄……是我太認真、太感情用事吧……還是我其實根本就不值得被另一個人去愛、也沒有資格去愛人……」

『認真去愛人，沒有一定對或一定錯……你只是太認真去愛一個人，才讓自己變得遍體鱗傷而已……如果你真的累了，不想再堅持下去，都可以啊，我都會在這裡一直陪你』

「謝謝你……我知道你會陪我，其他人都會支持我、珍惜我，但抱歉……有時我還是會感到一種……無法言喻的孤單」

「在那個世界裡，就只有我自己一個人，去面對、承受、煩惱、混亂、生氣、療傷、假裝……已經很久很久了，已經走了很遠很遠的路，但似乎我都不可能會好起來，彷彿我只能夠一直在原地踏步，自欺欺人地說，一切會好起來的，偶爾這樣難過，也是沒有關係的……」

『不是沒關係的，其實，不可能真的沒關係啊，如果我感到無比的絕望時，如果我覺得真的沒有其他的辦法了，我也會希望有一個人，可以接住自己這樣的情緒，可以給我一個輕輕的擁抱，可以陪我一下，一起看明天的日出』

『怎會真的沒關係呢，如果我知道，你正在承受著一些我未必能夠了解得到的難過，我會好想陪在你的身邊，一起沉默也好，一起沉溺也罷，雖然之後你可能依然會感到孤單，又或是對我的期待而感到落差或失落，但……』

『我都希望能夠陪著這一個你，直到你會遇到其他更懂得

了解你、可以陪你更久的人』

　　『所以……不要再說沒關係了，你的事情、你的感受與情緒，我們都會重視，就如你也會重視我們的感受一樣……』

　　「嗯」
　　「總有一天，我會好起來的……所以，無論現在有多痛苦也好，我也不應該讓自己想得太多，也不應該讓自己更不開心，是嗎？」

　　『沒有什麼應該或不應該的，其實……如果這一刻，你真的依然覺得不開心的話，你也是無法輕易欺騙自己，已經好起來了，明天一定會更好的……』

　　『當情緒來襲時，首先要去做的，並不是只有無視它的存在，或是用一個美好的願景來轉移自己的視線、或掩蓋自己的感受，其實我們也是需要與這一種情緒去對望、對話、相處，去了解為何會有這一點情緒，去思考如何與這些感受共存……』

　　「但是……你知道嗎，這一個過程，有時可以很漫長」
　　「想到最後，也是可能沒有答案，然後反而讓自己變得更加疲累……」

『嗯……如果，可以找到一個願意陪伴你的人，一起思考、一起學習面對，那就好了』

「我已經不敢去期待太多了」
「與其期望有一個人可以陪伴自己，倒不如去安慰自己會漸漸好起來的……那樣的話，至少不會讓自己更失望，是嗎？」

『傻瓜』
『只要你喜歡，冥王星都陪你去』

「為什麼是冥王星啊？」

『 :p 』

07
/

海運

When someone
you loved
becomes a memory

2016 年

3 月

．　．　．　．　．

「可以幫我找找 Sharon 嗎？」

「我從昨晚開始打電話給她，她一直沒接聽，我有點擔心
她」

「我現在要上飛機去台北，希望可以找到 Maggie，找到她後
我就會回來」

「我想 Sharon 可能會回了土瓜灣的舊居，也可以試試在天
台找找。其他她可能出現的地方……沙灣道、赤柱、藍灣半島、
紅磡海旁……這些地方都可以試試」

「我想她應該不會回到我們大坑的家」

「飛機要起航了，如果你找到 Sharon，可以隨時和我聯絡」

「麻煩你幫我看顧 Sharon 了」

　　樂軒看完 Raymond 傳來的這些訊息，坐在沙發上，仰起臉看
著天花板，細想詠詩可能會出現的地方。

然後他又想，他們兩人應該是有過一輪爭吵，弄得很不愉快，Raymond 才會這麼緊張，在上機前要拜託自己幫忙尋找詠詩。

他拿起手機，嘗試打電話給詠詩，但是一直無法接通。於是他從衣櫃裡找了一件外套，拿出雨傘，然後離開自己的家，去到附近的巴士站，看著巴士路線牌，又再細想了好一會，最後他決定乘上前往尖沙咀的巴士。

二十分鐘後，巴士去到位於尖沙咀碼頭的總站。樂軒下了巴士，往碼頭旁邊的海運大廈方向走去。這時天空開始下起毛毛細雨，但天色尚算明朗。他抬起頭，遙遙看到海運大廈天台的停車場，像是有一個熟悉的身影。於是他加快腳步，不一會已經走進海運大廈。

海運大廈本身是一個郵輪碼頭，也是亞洲區第一個購物商場。大廈樓高四層，最頂層與天台是停車場，不少前往尖沙咀購物或娛樂的駕車者，都會選擇將車子停泊在那裡。而且由於位置臨近海港，景觀開闊，因此不少遊客與攝影人士會特地上到天台的停車場，觀賞黃昏時的夕陽日落，或是在璀璨的維多利亞港夜色前拍照留念。

不一會，樂軒走上天台停車場，在之前看到身影的位置，找到了詠詩。只見她這天穿著一件紫藍色的毛衣，下身是牛仔褲與長靴，即使正在下雨，但她還是默默的看著大海，沒有稍動。

樂軒在看到她後，就一直站在原處，沒有再走前一步。過了一會，他還是輕輕嘆了口氣，打開雨傘，緩緩走到她的身邊。

詠詩看到頭上出現雨傘，不禁回過頭來，看到是樂軒，眼裡有些驚訝，也像是有些失落。她將視線放回大海裡，又過了一會，她問：「是 Raymond 叫你來找我的嗎？」

「嗯。」

「那他呢，他在哪裡？」

「他早上傳訊息給我，說正在前往台北。」

然後她沒有再問。

樂軒輕輕呼了口氣，說：「你來了這裡多久呢？」

但她還是不作聲。

於是他陪她，靜靜看著一艘一艘渡輪，從尖沙咀碼頭開出，駛到對岸的中環碼頭，然後又再沿路折返，來回不斷。

終於，她開口對他說：

「我們好像很久沒見了。」

「嗯。」

「有多久呢？」

「好像有一年吧。」

「你最近好嗎？」

「還好。」

「你之前知道，他原來結過婚嗎？」

「不知道。」

「你們這麼友好，但是你也不知道？」

「我知道他以前有談過幾次戀愛，但是不知道他和 Maggie 原來已經註冊成夫妻。」

「難以置信……」

「我也這樣覺得。」他苦笑。

「你認識那個 Maggie 嗎？」

「嗯。」

「她……是一個怎樣的人？」

「我也不是很熟悉她，因為我也只見過她幾次……最後一次見她，是在 Raymond 的家，那時候我和 Raymond，還有其他中學同學，約在他的家裡打麻將，打到中途的時候，有人不斷用力拍打他的大門，不是按門鈴，而是出盡全力般地不斷拍打……

當時 Raymond 看了我一眼，我記得他眼裡帶著一點驚慌，我從未看過他這種目光……他緩緩走到大門前，將門打開，對外面的人說了幾句話，然後就再沒有半點聲響。當時我與其他同學仍然坐在廳裡，無法看到大門的位置，因此我們都無法知道外面是誰、發生過什麼事……但 Raymond 出去開門之後，就一直沒有回來。」

「……之後呢？」

「等了差不多十五分鐘，他還是沒有回來。我走到窗前，看到他與 Maggie 兩人站在對面的馬路上，像是在爭論什麼……嗯，或者應該說是吵架吧。然後我們都覺得，好像不是很適合繼續打麻將，於是我們將東西收拾好，離開了他的家。去到樓下，他看到我們離開，就只是滿臉歉意地跟我們揮揮手，而 Maggie 則是木無表情，像是沒有留意到我們。這就是我最後一次見到她。後來 Raymond 有一段時間沒有再住大坑，我想他應該是與 Maggie 同居吧，直到他們分手了，他才回去大坑一個人住。」

「他們是何時分手的？」

「應該是你們認識後的前一年吧。」

「他從來沒有告訴我這些……」

「我覺得，他未必是有心隱瞞你，只是如果突然說出來，可能也無從說起……」

「你還幫他講話……他欺騙了我，這是事實。」

「你是怎樣發現，他欺騙你？」

詠詩沒有回答，就只是苦笑一下，反問樂軒：「你這一年來沒有見過我，是因為對我感到愧疚嗎，因為你知道他其實有老婆，我就只不過是一個破壞別人婚姻的第三者……」

樂軒輕嘆一聲，回道：「你喜歡怎樣想我，我沒所謂，但以下說話，我就只會對你說最後一遍：我從來不知道，Raymond跟其他人結過婚。我一直以為他跟 Maggie 已經分手，他也是這樣親口告訴我的。然後，以我所認識所了解的他來判斷，當初他是真的很喜歡你，才會去追求你的。你可以懷疑與不忿他欺騙了你，可以批判他沒有將感情關係處理好，甚至可以將他當成一個衰人、賤男、仆街，但你沒必要讓自己入戲太深，將自己當成是全世界最不幸的人。」

然後她又沉默起來。

這時天空開始不再下雨，他將雨傘收起，然後感到左手有點痠麻，應該是因為剛才一直在撐傘、長時間維持同一動作太久的緣故。他退後一步，讓左手微微晃動伸展。她忽然緩緩說：「那天我下班後，到超級市場去買食物，打算趕在他回家前，煎牛扒給他嚐嚐……然後我用鎖匙打開家門，見到有一個陌生女子，正打算離開。我最初以為是有賊人入屋偷竊，但她的神色一點也不像是賊人……我問她是誰，為什麼會在屋裡，她卻只是對我苦笑一下，說只是想回來取一些東西，然後就拋下鎖匙離開。」

「那個女子是臉尖尖、長頭髮、身形高挑嗎？」

詠詩微微點頭。

「那應該就是 Maggie 吧。」

「等 Raymond 回來後，我跟他提到這件事，並指了指被拋到茶几上的那串鎖匙，他看著門匙茫然了很久很久，我沒有看過他的臉上出現這一種表情。我問他那個女子是誰，他一直都沒

有作聲，到最後才回答我，她是他的合法妻子，只是他們已經分手了，他說有兩年沒有見過她。」

「你應該無法接受他這種解釋吧？」樂軒苦笑問。

「我……那刻我實在無法思考，就只覺得，他欺騙了我，原來我是第三者……最後我忍不住逃離了他的家……後來他跟我解釋過很多，說他們結婚是一時衝動，說他和她分開後，也有想過要再辦離婚手續，只是他與她一直失去聯絡，所以就一直拖延到現在。然後，他解釋得越多，我就越是回想更多他可能欺騙過我的事情。記得有一次，我問他，如果將來我們結婚，我們要舉辦一個怎樣的婚禮，但那時候他就只是一直不作聲，然後就將話題硬生生地帶開去……當時我還以為是自己問錯問題，他還沒有想到要跟我結婚這麼遙遠，但原來是他已經和別人結婚了，而我是不可能成為他真正的伴侶。」

樂軒輕輕嘆了口氣，想安慰她幾句，但是也不知道應該說些什麼才好。

「這陣子，我一直都沒有接聽他的電話。我知道他在我的家樓下等我，所以我搬到其他朋友的家暫住。最後他昨天傳來

訊息，說不祈求我的原諒，但他會先去台北尋找 Maggie，在處理好與 Maggie 的離婚手續後，就會回來找我……只是我對他這個人已經完全失去信心……昨天晚上，我做了一個惡夢，夢到他找到 Maggie，但是他們兩人也重新在一起，而我由始至終也只是一個第三者，不值得任何人可憐，不值得他的愛……」

說到最後，她終於忍不住流下了淚。

樂軒輕呼一口氣，走到她的臉前，讓她輕輕挨在自己的肩膊上，想幫她遮住她的淚容。

When someone
you loved
becomes a memory

然後他才發現，她的身軀原來是那麼冰冷。

然後他才知道，自己的心還是會感到刺痛。

後來，他在訊息裡，這樣回覆 Raymond：

「我找到 Sharon 了」
「你放心，我會好好看著她」
「但是請你不要再傷害她了」
「你是我的好朋友，而她也是我很重視的人」
「希望你可以好好想清楚」

When someone
you loved
becomes a memory

08

/

天台

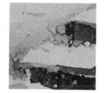

When someone
you loved
becomes a memory

2015 年
4 月

. . . . .

　　晚上，樂軒挽著兩個環保袋，離開自己的家，在街上截了
一輛的士，往詠詩的家出發。

　　他認識詠詩已經快五年，但直到最近才知道，她是住在土
瓜灣的益豐大廈。他知道她住在土瓜灣區，只是他們從不會上
對方的家，平時也很少談及自己成長的社區與環境。

　　所以當的士來到詠詩的家，他見到是一幢像是重慶大廈般
的舊式商住大樓時，心裡還是有些意外。

　　他拿出手機，根據訊息裡的指示，找到大廈的入口，只見
有很多住客正在排隊等候電梯。他心裡有些焦急，既怕過了約
定的時間，也怕會不會突然碰見詠詩。

　　等了大約五分鐘，終於輪到他乘搭電梯，去到頂層，走進
電梯隔鄰的樓梯，上了兩層樓梯到天台樓層，推開門，他不由
得眼前一亮，只見四周掛滿閃亮的燈飾。在天台的中央，放置

了一張古典風的雙人沙發，旁邊各有一盞淡黃色的落地燈。沙發前放著一張白色的茶几，上面有一個正方形盒子，他猜想裡面應該是裝放著生日蛋糕。

「辛苦你趕過來了。」

背後傳來一把聲音，樂軒回轉身，見到 Raymond 正拿著一份已包裝好的禮物，站在他的身後。樂軒忍不住失笑一下，問 Raymond：「你在這裡佈置了多久啊？」

「大約兩個小時吧。」Raymond 一邊回答，一邊將禮物放在沙發上，然後回頭問：「你有幫我買到肉醬千層闊麵和青蘋果煙鴨胸卷嗎？」

樂軒搖搖頭，Raymond 立即瞪大了雙眼。樂軒苦笑說：「你這麼遲才提出要求，你覺得還有餐廳會有時間，去為你烹調這兩道本來不常見的菜式嗎？」

「但……這是 Sharon 喜歡的菜式嘛。」

「是的是的。」樂軒繼續苦笑，然後從環保袋拿出兩個塑

膠餐盒，遞給 Raymond，說：「收到你的電話後，我就立即到超級市場買食材，自己在家裡煮了這兩道菜，你就將就一下吧。」

「你自己煮？這麼厲害？」Raymond 不能置信，忍不住稍稍打開餐盒的蓋子，但覺香氣撲鼻，有模有樣。

「我爸媽都是在酒店做廚師，這些只不過是簡單菜式。」

「佩服佩服。」Raymond 由衷稱讚，又問：「那麼這一袋呢，又是什麼？」

「這是保溫瓶，內裡是煮好的黑糖牛奶，如果待會覺得冷，你可以倒進杯子裡，用來暖和身體。」

「你想得真周到呢。」

「我覺得你才想得周到呢。」樂軒環看整個天台的佈置，他從來沒見過這樣的天台。「為了給她驚喜，你竟然可以做這麼多，又親手做蛋糕，又搬傢私上天台，又準備她喜歡的食物……」

Raymond 笑看他一眼，語氣認真地回道：「這是最基本的要求嘛，如果你認真喜歡一個人，自然就會想給她最好、最完美的一切。」

「那即是這一次，你對她是認真的？」樂軒看著他問。

「我有跟你提過嗎，我和 Sharon 是小學同學。」

「嗯，她也有跟我提過。」

「其實在讀小學的時候，我就已經很喜歡她，那時候我們時常會相約到附近的公園玩耍，也會時常打電話一起做功課……只是後來到了小學六年班，我突然要搬家到大坑，轉了學校，我和她就這樣失去了聯絡。」

樂軒微笑一下，問：「所以後來你們可以再重遇，你會覺得這是命中註定嗎？」

「最初的時候，我真的也有這樣想過……竟然可以在茫茫人海裡，找回一個失散多年的暗戀對象，這件事情本身已經就像戲劇吧？只是當後來我主動約她見面，和她有更多相處的機

會，我就開始覺得，她並不只是我一個難得可以幸運重遇的小學同學，也是一位難得可以相知相交的靈魂伴侶。」

「你說得很玄呢。」

Raymond 搔了搔頭，靦腆地說：「可能你還沒有遇過吧，原來在這個世界上，可以有一個這樣的人，如此了解自己吧……其實我也是第一次。以前不是沒有遇過喜歡的對象，但可以讓我覺得如此心靈契合的人，她是第一個。她可以比我自己更加明白我，她有什麼感受或情緒，我也是可以很輕易就明白或理解，彷彿心靈感應，又彷彿，我們沒有再見、各自分開生活的那十年，就是為了成就現在的這段重逢。」

「到最後還是命中註定呢？」

「嗯……或許真的是這樣吧。我們都用了十年來重遇對方，我不會讓自己錯過她。」

Raymond 說這番話的時候，神色變得越來越堅定，樂軒從中學三年級開始就認識他，知道他這一次是有多認真。樂軒輕拍一下他的肩膊以示支持，又問他：「那待會你就會趁機向她表

白嗎？」

「嗯⋯⋯應該會，但我還是會隨機應變的，如果勢色不對，那就單純為她慶祝生日，如果她會跑走，那我⋯⋯」

「你這次真的很緊張啊！竟然沒自信到會去設想各種壞結果。」

Raymond 又忍不住搔了一下頭，笑說：「現在就好像第一次追女生那樣⋯⋯幸好現在有你陪我聊天，可以讓我稍稍分神。」

樂軒看看手錶，說：「我是不是應該要走了？她應該已經回家了吧？」

Raymond 也看了一下手錶，然後說：「是的⋯⋯那我現在打電話給她，邀她上來。再次感謝你過來幫忙呢，下次請你吃飯。」

樂軒對他揮揮手，往剛才上來的樓梯方向離去。臨走進樓梯前，他回頭見到 Raymond 正拿著手機，一臉緊張地說話。於是他讓自己微笑一下，加快腳步走下樓梯，去到電梯前，然後他

看見電梯的樓層顯示螢幕，似乎是正停泊在詠詩所住的樓層，
他想這樣可能會碰到剛好乘電梯上來的詠詩。他四處環看一下，
躲在遠處一個不容易被發現的位置，遙遙的靜待電梯上來。

然後過了大約十分鐘，他終於看見，詠詩從電梯步出，往
樓梯的方向走去。

她的臉上帶著緊張和興奮，還有一點期待某些事情會發生
的自信。

他從來沒有看過她這樣的表情。

五分鐘後，他走到樓梯，一層一層地緩緩往下走。

從那天開始，他再也沒有主動找過她。

她也沒有主動找過他。

09
/
最初

When someone
you loved
becomes a memory

2014 年
8 月

．．．．．

「愛情電影來說，我還是覺得，《情書》才是經典中的經
典。」

「但我有些朋友，卻會嫌《情書》的節奏慢，看到結尾部
分也不覺得感動，唉。」

「你那些朋友應該不懂得欣賞電影吧。」

「可能吧⋯⋯那外國電影呢，你最推崇哪齣愛情電影？」

「你先說。」

「《Once》？」

「⋯⋯怎麼又是跟我一樣啊？」

「哈哈⋯⋯這齣電影的導演，最近又拍了新作《Begin

129

When someone
you loved
becomes a memory

Again》，外國影評似乎也不錯呢。」

「我有留意到，好像下個月香港會上映。」

「是啊，到時一起去看吧。」

「好啊……那香港電影呢，你最喜歡哪一齣？」

「你的首選一定是《安娜瑪德蓮娜》吧。」

「我是在問你啊……」

「《安娜瑪德蓮娜》我也喜歡，其他還有《十二夜》、《花樣年華》、《重慶森林》、《西遊記仙履奇緣》……這些我都喜歡。」

「那即是你最喜歡哪一齣啊？」

「《仙履奇緣》吧。」

「嗯，那台灣電影呢？」

「《那些年，我們一起追的女孩》、《女朋友。男朋友》、《聽說》……」

「你不是最喜歡《海角七號》嗎？」

「……你怎知道的啊？」

看到他一臉詫異地反問，她心裡忍不住得意起來，笑道：「你也不想想，你自己的手機鈴聲，是來自哪一首歌。」

他手機的鈴聲，是《海角七號》電影原聲帶裡，所收錄的〈第六封信〉純音樂版本。他看著她，茫然了一會，然後說：「那個鈴聲就只是純音樂，而且就只有很短的一段……你竟然也聽得出來……」

When someone
you loved
becomes a memory

「最初聽到的時候，就只是純粹覺得好聽，但後來發現，你換了 iPhone，又換過 Samsung，但依然還是用回這個鈴聲，所以就忍不住想要知道這一首是什麼歌了。」

「……但其實你也可以直接問我啊。」

「……我喜歡自己尋找答案的過程嘛。」

她這樣回說。

他彷彿看到，她的臉上有著一點嫣紅。

他不敢肯定，這是否他自己的一時錯覺。

最近他總是覺得，這一個認識已經四年的朋友，好像和之前變得有些不同。

大家相處的時候，彷彿變得更加有默契，總是很輕易地就可以明白對方的說話與想法，總是會在不知不覺間，和對方靠得更近，想要再見到對方更多更多。

就好像這天假期，一眾大學同學相約晚上去唱卡拉 OK 玩樂，順道為他補祝生日。大家約好晚上六時在銅鑼灣崇光百貨的門口集合。只是他早上忽然收到她的來電，說想約他下午到九龍城吃清心丸，之後再一起乘巴士到銅鑼灣。然後他答應了，然後他又想起，以前她不曾這樣單獨約他，以前他也不會猜想，這一種的邀約代表什麼含意……

想到這裡，他忍不住悄悄側過頭來，回看如今正坐在自己身旁，一起乘巴士前往銅鑼灣的她。

這天她穿了一件淺紫色碎花短裙，腳踏一對米色涼鞋，頭髮被束成一條可愛的馬尾，雙頰的嫣紅仍是若有若無，她的身上彷彿帶著一點像是白蘭花或茉莉花的香氣，讓他感到有些醉意……那是一種只屬於夏天的醉意，他已經有很多年沒有嚐過這一種感覺。他不禁問自己，這一次是認真的嗎？自己是真的喜歡這一個人，還是因為眼前的氣氛、仲夏的牽引，才會讓自己意亂情迷？

最後，巴士去到銅鑼灣，他們下了巴士，他還是想不出一個答案。

「我們往那邊走吧。」

他一邊說，一邊用手指往崇光百貨的方向，但是她沒有理會，挽起他的手，往相反方向走去。他心裡呆了一下，忍不住問她：「我們去哪裡？」

她對他微笑一下，回道：「去藥房。」

「……為什麼去藥房？」

「你頭痛嘛，我們去買頭痛藥。」

「……你怎麼知道我頭痛？」

「剛才在巴士裡，你總是不自覺地在皺眉嘛。」

然後他為她的觀察入微，再一次驚訝得無言以對。

結果，他們在附近一間藥房買了頭痛藥和清水，她看著他吞下藥片，滿意地笑了。

他將頭痛藥和清水收進背包裡，回想起她剛才挽著自己手臂時的感覺，然後又忍不住搖了搖頭。她看在眼裡，問他為什麼搖頭，他過了良久也給不出答案，結果換來了她的取笑。

「我們走吧，要遲到了。」他苦笑。

「嗯。」

然後她如常地往前走，這次她沒有再挽著他的手。

他感到內心像是有點失落，但還是微笑對她說：「待會介紹一個朋友給你認識。」

「咦，待會除了我們，原來還有其他不認識的人嗎？」

「就只有我的朋友，他是我以前讀中學時的好朋友，他叫Raymond……」

「Raymond 這個名字，聽上去並不是好人呢。」

「你都未見過他，你又怎麼知道啊？」

她轉身向他吐一下舌頭，沒有再回答。

然後，他們走到崇光百貨前，只見其他大學同學已經到齊了。

然後，他無意中轉過身，見到 Raymond 也剛好來到，並站在他們身後，與她的目光相遇上。

後來他偶爾都會回想，如果沒有那天的相遇，之後是否就
會有不一樣的結果。

When someone
you loved
becomes a memory

137

When someone
you loved
becomes a memory

10

/

在你變成回憶之前

I

When someone
you loved
becomes a memory

2023 年
3 月
· · · · ·

　　與樂軒通完電話，詠詩拿著手機，努力回想 Raymond 可能會出現的地方，又打開他的臉書與 Instagram 嘗試尋找絲索，但還是沒有半點頭緒。最後她只好拿起手袋，出門去碰碰運氣。

　　她首先乘的士到九龍城，去到 Raymond 有天晚上駕車載她前往、特意為她烹調黑糖牛奶的咖啡店，但是當她去到店前，發現咖啡店還未開門營業，店裡也是沒有半個人影。

　　接著她回去自己土瓜灣的舊居，在天台及其他樓層來回尋找，可是仍然沒有見到他的身影。她看看手機的時鐘，已經過了原定的註冊時間。她傳訊息問樂軒有沒有找到 Raymond，但樂軒就只是回她一個「No」。她輕嘆一口氣，回覆他可能會去銅鑼灣尋找，然後收起手機，打算再去天台一次碰碰運氣，沒有發現就離開土瓜灣。

　　或許因為心情沒有之前一次那樣焦急緊張，當詠詩再次來到天台，才發現這個天台跟以前相比，有了不少轉變。

例如多了很多很多太陽能發電板，佔據了以前她與 Raymond
經常倚欄聊天的那些位置。她從天台上往樓下的街道望去，周
遭景色其實也同樣改變了不少，最明顯的就是多了很多高樓大
廈，有些舊樓宇已經被拆卸、等待重建，還有對面那個本來不
太起眼的細小公園，如今竟然變成了地鐵站的出口。

她回轉身，又再想起以前第一次上來天台、他為自己慶祝
生日的那個夜晚。對她來說，那是一個難以忘懷的夜，她相信
對他來說，應該也是一樣。只是他現在並沒有身處這裡。

想到這裡，她又忍不住苦笑一下，忍不住反問自己，為什
麼會期待他出現在這個天台？這天是他結婚註冊的大日子，他
其實不應該出現在這裡，他其實不應該離開他未婚妻的身邊，
至少不應該會離得太遠……如果他對那一位將會成為他妻子的
Cherrie，是真的那麼認真的話，如果他真的沒有將她當成一個後
備存在，是真的喜歡對方、想要和對方一起結伴走到白頭的對
象……

詠詩忽然發現一個，之前自己沒有認真想過的可能性。

她轉身離開了天台，乘電梯回到地面，在街道上截了一輛

的士，告訴司機要前往中環的婚姻註冊處。這天路面的交通還算暢通，的士很快便已經駛離九龍區，去到過海隧道，但她心裡卻越來越緊張，怕自己的想法一廂情願，也怕 Raymond 已經不在那個地方。

二十分鐘後，詠詩去到中環大會堂的婚姻註冊處。只見四周都是準備參與註冊儀式的新人或親友，接著她也見到 Raymond 的未婚妻 Cherrie，她還穿著婚紗，與親友們坐在一個角落，臉上充滿擔心、緊張與無奈。詠詩心裡輕嘆一聲，又忍不住咬咬牙，下定決心要把 Raymond 找出來。

然後，在附近找了十數分鐘，她終於在大會堂旁邊的停車場天台，發現到 Raymond 的身影。

「李承俊！」

詠詩走上天台後，再也忍不住，用力喊 Raymond 的全名。

Raymond 原本還在倚著鐵欄，看著大會堂的方向發呆，但是當他聽到有人呼喊自己的中文名字，思緒不由得立即從遠處飄回腦袋。然後他循聲音來源看去，見到呼喊自己的人竟然是詠

When someone
you loved
becomes a memory

詩，他當下的心情除了震驚，還有一種不敢置信的虛幻感。

「你⋯⋯為什麼⋯⋯會在這裡？」

Raymond 結巴地問，他此刻還未能相信，眼前的人真的是詠詩。

「我為什麼不會在這裡啊？你這天不是也有邀請我參與你的結婚註冊儀式嗎？」

說到最後，詠詩忍不住失笑起來，明明自己是應該生氣，生氣他的突然失蹤，生氣他一直以來的優柔寡斷，生氣他又再令到另一個人受傷，生氣他如今為什麼會躲在這個天台裡，不敢離開。

但是不知為何，當她看到他如今就在自己眼前，安然無恙，她忽然覺得，這樣就已經足夠了。原本這天一直累積的焦慮不安、氣結苦悶，全部都一掃而空。有什麼問題都好，大家仍可以一起努力去思考，一起學習解決。

「你來了這裡多久呢？」

她緩緩走近他，輕聲細問。同一時間，她覺得眼前這一幕，好像有點似曾相識的感覺。

　　Raymond 看了她一眼，然後將視線移回大會堂，低聲說：「你走吧，不要管我。」

　　她微微苦笑一下，說：「好的，我不管你，但是我可以在這裡陪你一會嗎？一會就好。」

　　然後 Raymond 沒有回答。

　　然後詠詩也沒有再說話，默默站在他的身旁。

　　過了不知多久，他忽然開口說：「為什麼你要來找我？」

　　「因為你是我的朋友……除了我之外，樂軒他們也正在四處找你……大家都一樣很擔心你。」

　　「為什麼要擔心我呢，像我這樣的爛人。」

　　「你覺得自己是爛人嗎？」

「難道不是嗎？在註冊儀式前突然失蹤，任誰都會覺得，這樣的男人根本就不是認真想與對方結婚吧，這樣的人……根本不值得託付終生。」然後他看著她，繼續緩緩地說：「對於你，也是一樣……明明自己已經跟別人註冊結婚，但是還要跟你發展關係，對你隱瞞、欺騙，造成各種無法彌補的傷害，浪費了你的青春，但還是一再向你糾纏……」

「都過去了啊。」

在詠詩心裡，原本真的想這樣子回答他。

但她忽然覺得，對於現在的 Raymond 來說，他是始終沒有辦法讓自己真正過去，而他卻為自己無法過去感到痛苦。

「我可以問你一個問題嗎？」詠詩看著他，笑問。

他回看她一眼，微微點頭。

「幾年前……應該是四年前吧，有一次我在街上，碰到你跟一個女生牽著手一起逛街，那個女生……是誰呢？」

「……為什麼忽然問起這個？」他一臉呆住。

「因為……可能是我自己想得太多，希望你不要介意。」詠詩心裡其實也無比緊張，但還是輕輕吸了口氣，對他說：「因為我覺得，那個女生的外表，與我有點相似。」

聽到她這樣說，他有一陣子都沒有反應。但是她也沒有勉強他回答，就只是繼續靜靜地在他旁邊等候。

終於，他這樣回答她：「她是我以前在咖啡店工作時的一位舊同事，她是我最好的朋友。」

「那……你現在還有和這位朋友聯絡嗎？」

他緩緩搖頭。

「為什麼？」

「因為我無法給予她想要的。」他低頭苦笑一下，說：「是的，我曾經想過，將她當成是你的替身。」

「最後有成功嗎？」

　　他又搖了一下頭，說：「最後，我都開始有點分不清楚，到底她是你的替身，還是你變成了她的替身……」

　　「是因為……我們始終並不是同一個人，我們本來就不可能完整地取代另一個人？」

　　「有時我甚至會覺得，即使是同一個人……例如現在的這一個我，也始終無法代替十年前的那一個我。」然後他又苦笑了一下，續說：「因此每次當我想要尋找一些人與事，來彌補從前有過的遺憾，到最後反而製造出更多的遺憾過錯，我就會覺得自己很笨很傻，我所做的一切，其實就只是為了滿足我自己。」

　　「但至少，現在的你是省悟到這一點啊，可能你還是處理得不好，但你也是真的有思考過，有一點一點去作出改變。」詠詩看著天空，輕輕呼了口氣，又說：「其實，我之前本來也一直在生你的氣。」

　　「生我的氣？」

「去年你特意約我出來表白，之後隔幾天就向你現在的未婚妻求婚……那時我會覺得你很不尊重，也會想你對你的未婚妻是否認真。」

聽到她這樣直接批評，他輕輕呼一口氣，低頭苦笑，沒有任何辯解。

「但後來，樂軒對我說，你可能是因為想徹底放下過去，才會在向 Cherrie 求婚前，來向我表白……初時我其實並不明白這一種心理，可能我心裡仍然有點不忿吧，覺得你應該是要一直放不下我，這才是你當初欺騙我所應該得到的懲罰……但這根本就只是我自己的一廂情願。既然我們都不會在一起了，為什麼我仍然會執著於，在過去那段感情裡，你對我從一開始到終結的過程裡，是否真的只對我一個人一心一意、從一而終……但當時的我真的不明白，仍是會去想你對我的表白並不是真誠的，然後又去想你對別人的求婚並不真誠。我將你想成是一個理想的壞人，這樣我過去那些年有過的痛苦與鬱結，就彷彿可以釋懷一點了。」

「我的確是壞人啊……」

「嗯，好吧，你是壞人，但你也是一個太認真的壞人。」詠詩看著他，緩緩地說：「其實你知道有哪些事情是有做好或做得不好，而你卻只會為自己所犯的過錯耿耿於懷。但同樣，我也有做得不好的時候，我常常也沒有更客觀、更持平去看待你這個人，就好像這天早上，樂軒告訴我你失蹤了，我第一時間想到的，就是你可能還是放不下我，你可能會出現在我們之前去過的地方⋯⋯」

「於是你去了那些地方尋找？」Raymond 失笑問。

「是啊，很笨吧，完全自作多情。」詠詩也搖頭苦笑，續說：「然後我去到我舊居的天台，還死心不息認定你應該會在那裡，但是你真的不在那裡⋯⋯我不得不承認及重新思考，其實你的煩惱並不一定是與我有關，其實我沒有好好的去注視你的感受和想法。」

他忽然說：「如果是四、五年前，我可能真的會在那裡。」

「你是指⋯⋯益豐大廈的天台嗎？」

「嗯，但這幾年我都沒有回去了⋯⋯以前我會不時回去那

裡，緬懷我們的過去。其實我知道你已經不會在那裡出現，也正因如此，那裡才會變成一個最適合讓我逃避的地方。」

「那麼這一次⋯⋯你是想逃避一些什麼呢？」

詠詩輕輕的問，Raymond 還是沒有回答。她知道現在急不來。

「說起來，我們有些地方真的頗相似呢。」她呼了口氣，笑道：「當我們不開心的時候，都喜歡找一個可以看到天空、比較高的地方，讓自己躲起來，嘗試一個人去沉澱或面對。例如你會躲在我舊居的天台，又例如我會躲在海運大廈的天台⋯⋯」

「海運大廈？」

「海運大廈的天台停車場啊⋯⋯我們以前也有去過，你忘了嗎？」

他仰起臉默想了一下，說：「如果你不提，我都幾乎忘記那個地方⋯⋯原來你喜歡在那裡獨處嗎？」

「嗯，因為那裡也可以看到海，黃昏還可以見到日落呢。」

「那遲些有機會我也要去看看。」

詠詩向他點點頭，然後低頭沉思，像是發現了一些什麼。

過了一會，Raymond 續說：「其實我是沒有信心，可以做到 Cherrie 的丈夫。」

「為什麼沒有信心？」

「因為⋯⋯」

「你很喜歡她，是嗎？」

他確定地點頭。

「可以滿足我的好奇心嗎，最初你為什麼會喜歡她這個人？」她看著他，笑著追問。

「我都幾乎忘了，你是一個好奇寶寶呢。」他微微搖頭苦

笑一下，然後說：「我和她⋯⋯是我從澳洲回來後，我去做義工的時候認識的。」

「你去做義工⋯⋯是什麼義工呢？」

「早兩年開始，防疫政策越來越嚴格，人人自危，有些獨居長者與傷殘人士無法出外，或是缺乏其他人照顧，我們就會不時上門探訪，看看他們有什麼需要，例如幫他們買食物或生活必需品，或是陪他們說說話、到外面逛一下⋯⋯就是這樣。她是一個很溫柔善良的女生，雖然有時有點傻，但她願意包容我的缺點和不足，也不介意我曾經與別人結婚、我的過去⋯⋯之後也發生過一些事，然後在不知不覺間，我們就變成情侶關係了。」

詠詩沒有想過，Raymond 竟然會去做義工、幫助有需要的陌生人，這跟他過去所給予自己的印象有些落差。然後她又不禁提醒自己，過去自己沒有真正注視過他這個人，很多印象可能就只是自己的先入為主。她問他：「如果她是知道你的過去、也願意包容你的缺點，那⋯⋯為什麼你仍會沒信心成為她的丈夫？」

他看著她，無奈地苦笑一下，說：「我本來以為，我可以做得到的。但越是臨近婚期，我才發現，自己原來沒有好好的想清楚。或許最初我只是太想去證明，我真的可以放下你了，我可以跟別人再去開始一段認真的關係。但我卻因此忽略了其他的問題……」

「是什麼問題呢？」

他又輕輕的呼了口氣，說：「以前，我和 Maggie 註冊成為夫妻的時候，當時我真的相信，我們會白頭到老，我會努力去做好她的丈夫，給予她最好的一切，讓她得到幸福。」

原來，他真正介懷的是這個。詠詩心裡輕嘆。

「那時候，我們住在她的家，雖然當時我們還在讀大學，但也有努力兼職工作，一起賺錢去維繫這個家。當時雖然窮，但是也很快樂，我相信只要我們可以在一起，繼續一同努力、經歷和成長，將來一定會開創出屬於我們的幸福。」

但是她知道，他們後來沒有。

「但不知道是從何時開始，我們變得不再同步了⋯⋯可能是我們都只顧著工作，可能是我們本身都有著一些缺點與問題⋯⋯漸漸，我很難在家裡見到她，有時她回來看到我，沒有說幾句話，就會再次出門，也不會向我交代要去什麼地方⋯⋯漸漸，我跟她幾乎變成了陌生人，就算我打電話或傳訊息給她，她也是不會接聽或回覆。之後有天，我回到家裡，發現她已經將衣櫃裡的衣服都搬走了，還有一些她會用到的化妝品和日用品⋯⋯但那個家本來就是她的家，她還會搬到什麼地方呢？後來，我遇到她的一位同事，才知道那時候她經常會去台北，有時一去就是一整個月，不知道她是在台北有認識的朋友，還是她已經和其他人在一起。但是我仍然住在她的家裡，每天都期望她會回來，這次我會好好和她溝通，讓她知道我還不想放棄，希望可以繼續和她走下去。」

聽到這裡，詠詩的心裡有點歉疚。

如果當時有好好聽他的解釋，有好好陪他一起思考和面對，是否就不會再有之後的那些遺憾與傷害？

還是其實不論自己如何逃避或執迷不悟，總會有更多的問題與煩惱，在往後的人生裡，等著自己學習面對和成長。

她問他：「你後來等她等了多久？」

「等了差不多兩年，最後我只能接受，無論我做些什麼，她也是永遠不會回來，我再空等或死守，那裡也已經不再是我們的家，因此之後我才搬回大坑……但我卻沒想過，她竟然還保留著我家裡的門匙，然後在三年後突然來到我的家，結果剛好讓你碰見……唉。」

「如果當時碰到她的不是我，而是你的話，之後的發展可能又會變得不同了。」說完，詠詩也輕嘆一口氣。

「或許吧，但我會好想問她，為什麼最後要突然離開，沒有交代任何決定……不過她應該也是不會回答的。幾年後我終於找到她，成功去辦離婚手續時，那時候她也是一直不說話，彷彿我就是她的一個仇人一樣……彷彿到最後，我始終不值得她的一點關心或同情。」

「這些事情，你沒有跟別人提起過嗎？」

他緩緩搖頭。

「我還以為你會跟樂軒說呢。」

「他……」他忽然苦笑起來，看了她一眼，然後說：「有些事情，其實我也無法跟他說得太多。」

「那現在為何你又可以對我說出來呢？」

「或許……因為我真的覺得很累很累了，我很想有一個人，可以聽聽我的想法。」他轉過身，一臉認真地看著她問：「你覺得，我可以成為 Cherrie 的好丈夫嗎？」

詠詩回看著他，終於明白他是因為自己有過一段失敗的婚姻，還有被離棄的痛苦與恐懼，所以現在才沒有信心去與 Cherrie 結成夫婦。她好想給予眼前這位最重視的家人一個鼓勵或安慰，但她還是對他搖了搖頭，說：「你是無法成為一個好丈夫的。」

「……為什麼？」

「還問為什麼？結婚註冊的時候，你竟然臨陣逃脫，留低自己的未婚妻，一個人承受本來不應該出現的不安、焦急、擔心與無奈，還有其他人的目光和指指點點……然後你現在卻在

這裡快活寫意，還去問你的前女友你能否做到一個好丈夫？這個問題你是應該直接告訴 Cherrie，由她給予你一個評分和答案啊，而不是去問其他不相干的人，又或是想在那些已經過去了的人與幻象裡尋找一個永遠不會確定的答案，因為現在是你和她要一起結伴走下去，她才是你將來的人生裡最重要的主角，無論順境逆境，你們都會一起面對，都不會輕易放開對方的手，是嗎？」

　　他動也不動的看著她，臉上的神色表情，像是沒有想過她會回答得如此直率，就像最初在這個天台見到她時，他也沒有預想過最後找到自己的人，竟然就是自己曾經最放不下的那一個人。

　　「還有，就算將來會有怎樣的結果，你身邊仍會有不同的家人朋友，陪你繼續一起成長和學習面對，你不會永遠只有自己一個人，你明白嗎？」

　　她看著他，心裡不知道哪裡來的勇氣，對這一個自己曾經愛過、恨過、執迷過，也逃避過的人，說出這一番從前沒有想過要讓他知道，她以為就只是自己一廂情願的期許和祝福。

「李承俊，你是時候要放過自己了。雖然我們的故事已經過去，但我以後都會是你的家人、你的朋友……只要你不介意，我將來可以偶爾聽聽你發的牢騷。只要你和你心愛的人都可以得到幸福，我就會心滿意足。」

　　說到最後，她終於忍不住流下一滴淚。他看見了，但就只是對她微微笑了一下，然後移動腳步，離開了停車場，往大會堂的方向跑去。

　　她看著他的身影漸漸變遠、最終完全消失，淚水再也無法歇止流了下來。

　　她知道，他真的可以放下她了，自己往後也不會再執迷於他這個人。只是同時，她的內心也有點失落和悲哀。因為終於，將一切都說得清楚明白了，再沒有半點曖昧或誤解，也不會再牽引更多心跳與漣漪。從今以後，他們就只會是對方回憶裡的一段往事，或許將來還會再聚，還會再笑著細說當年彼此的不成熟與任性，但是最後大家都會繼續朝著各自本來的目標前進，漸漸不會再見面，就只剩下這一段短暫的回憶，在心坎裡陪伴自己天長地久。

最終章

在你變成回憶之前
II

2023 年
6 月
. . . . .

　　後來，Raymond 在所有人面前，再重新向 Cherrie 求婚。
Cherrie 又哭又笑，最後還是答應了。

　　註冊日期要再延後，但是他們決定如期在五月舉行婚宴。
詠詩當晚也有出席，Raymond 介紹她給他太太認識，然後三人一
起合照。詠詩心裡感到十分奇妙，因為以前她實在無法想像得
到會有這一天的出現。如果在五年前或十年前，有人告訴她，
Raymond 將來會和別人結婚，而自己仍然會出席他們的婚宴，並
祝福他們，她一定會當對方在說笑話。

　　婚宴完結後，Raymond 與太太去澳洲度蜜月。詠詩忽然有點
想念樂軒，想約他出來午飯聊天，但樂軒總是找到理由推卻，
不是說有事要忙，就是剛好約了人。後來詠詩威脅說，要以顧
客身分到咖啡店直接找他，樂軒才逼不得已回答，原來他已經
辭職了，因為他打算和另一個朋友一起投資創業，開一間屬於
自己的咖啡店，最近都忙著店鋪裝潢和設計餐牌，所以真的沒
有時間和她碰面。

知道樂軒可以夢想成真，詠詩的內心也替他感到高興。但她還是好想約樂軒出來見面，因為有些事情，她想要親口告訴他，也想親口去問清楚。

　　最後，在一個星期五的下午，他們約在尖沙咀一家位處商場七樓的咖啡店碰面，晚上樂軒會找在附近工作的倩瑩約會。

　　「終於見到你了。」

　　詠詩去到咖啡店時，見到樂軒已經坐在一個靠窗的位置。她向他說完這句話後，就在他對面的椅子坐下，然後又忍不住將目光放到窗外，因為咖啡店位處七樓，而對面就是九龍公園，景觀十分開揚，還可以看到不錯的園林景色。

　　「喜歡這裡嗎？」樂軒向她遞上餐牌，笑問。

　　「喜歡啊，你怎麼不早點告訴我這間咖啡店？」

　　「那你以後再來也不遲。」

　　「是的⋯⋯」

雖然詠詩如此回答，神情卻有點落寞。樂軒看在眼裡，但他就只是指著餐牌，對她說：「這裡沒有黑糖牛奶呢，但也有你喜歡的伯爵茶咖啡，你可以試試。」

　　詠詩在打開餐牌時就已經發現到，於是她向侍應生下了單，向樂軒笑著說：「你還真是清楚我的喜好呢。」

　　「這位客人，你光顧過我的咖啡店已經不止一百次了，難道我還不清楚你這位客人的口味嗎？」

　　「原來有這麼多次嗎？」她瞪大雙眼問。

　　「你每星期來一至兩次，一個月大約來四至六次，我就當成是五次好了。然後一年有十二個月，即是總共六十次，再乘以四年，那就是二百四十次了。」

　　「啊，原來我是長期客戶呢。」她忍不住失笑一下，然後伸出右手，向他笑問：「那我是不是應該會獲贈專屬的 VIP 卡，可以在你的新店得到折扣，生日的時候會送我一杯特調咖啡？」

　　「如果你想喝，我一定會送你。」

「嘩，那我先答謝你了。」她雙眼像是充滿期待，然後又問：「你的店會開在哪裡，大約在什麼時候開張？」

「會開在土瓜灣。」

「土瓜灣？土瓜灣好嗎？」

「在天光道附近，環境其實相當不錯的，而且我喜歡土瓜灣這種舊式社區的人情味。」

「啊⋯⋯那麼什麼時候正式開業？」

「我還未決定好，但最快應該要八月。」

「八月嗎⋯⋯」

這時侍應生送上伯爵茶咖啡，詠詩微笑接過，拿起匙羹輕輕攪拌咖啡。然後兩人都沒有說話，就只是默默看著窗外的九龍公園園景。

「對了。」

最後，是樂軒首先打破沉默。

「之前一直都沒有機會親口問你……」

「你想問什麼呢？」

「那天，你是怎樣找到 Raymond ？」

她拿起咖啡微微呷了一口，嚐到一股喜歡的伯爵茶味道，心情也隨之變得比較放鬆。她定睛看著他，微笑說：「其實我是突然記起，你以前跟我說過的一段話。」

「是哪一段？」

「嗯……其實那天，我最初還傻傻的，去了我跟他從前去過的一些地方，嘗試想要尋找到他的蹤影。之後我回到我以前土瓜灣的家，上到天台，但是依然找不到他，然後我又無意中發現，原來土瓜灣有些地方已經變得跟從前不再一樣……那刻我忍不住想，這個世界又有什麼事情，真的可以永恆不變？事物會變，人也會變。那如果，Raymond 真的如你之前所說，他最後一次向我表白，其實就只不過是想要放下我，而他之後向 Cherrie

求婚，是因為他對 Cherrie 是認真的喜歡……如果這一件事是真實的話，那麼對 Cherrie 這樣認真的 Raymond，一定會停留在一個離她不會太遠的地方，因為他是真的想要和她成為夫妻，當初才會向她求婚吧？他不會害怕 Cherrie、想要逃避她，但他應該是發生了一些什麼事，才會讓他在最後一刻猶豫卻步了。所以我就開始猜想，他其實沒有躲在一個很遠的地方，而是在附近某一個地方，一直猶豫不決和懊悔自責。」

樂軒點一點頭，苦笑道：「你這番分析，的確很合乎他的性格。」

「但前提是，他對 Cherrie 是真的喜歡，他是真的想和她結婚。否則，他大可以躲在任何一個很遠很遠的地方，讓我們怎麼找都找不到。」

「嗯……也幸好你的推測是對的。」

「對了，那時候你去了哪些地方尋找？」

「我是漫無目的地去找，基本上都是去我們以前就讀的中學、或是附近的公園和商場。」

「你們以前是怎樣認識的？」

「中學的時候，我們是同班同學嘛。」

「但後來是怎樣變成好朋友呢？」

樂軒似乎沒有想過，詠詩突然會問這條問題。他默然了一下，之後才說：「中學的時候，我在班裡是比較不受歡迎的人，換成現在的說法，有些同學會霸凌我，例如會取笑我的髮型，會將我的桌子搬走，會塗花我的課本……上體育課的時候，其他同學都不願意和我同組，怕被我連累、被其他人取笑。最初過了兩年這樣的生活，我都以為自己已經習慣了。直到升上中學三年級，Raymond 從其他學校轉校過來，成為我們班的插班生，他的出現，某程度上拯救了當時的我。」

「體育課時他會主動和你同組嗎？」

「不……他不喜歡上體育課，所以他向我提議，不如趁老師沒有發現，偷偷跑到小食部去喝汽水。」

詠詩忍不住失笑一下，的確很有 Raymond 的風格。

樂軒續說：「之後有其他同學發現我們沒有上課，也偷偷過來參加，參加的人越來越多，最過分的時期全班幾乎有三分之一的同學都缺席體育課，結果不只體育老師發現到，就連班主任及訓導主任都知道這件事……我們每人都被記了一個小過，那是我人生裡第一次被記過呢。」

「但……是從那時候開始，其他同學沒有再來霸凌你嗎？」

「嗯，班上的氣氛開始一點一點地轉變，以前放學後，基本上所有同學都會各自立即離開學校回家去，但 Raymond 來了之後，大家會留下來打籃球、看漫畫、聊天說笑，又或是一起去麥當勞吃下午茶，感情變得比從前融洽。」

「嗯……所以你會說，他某程度上是拯救了你。」

樂軒抬頭默想了一下，說：「後來有時我也會回想，如果他沒有轉校過來，我之後的中學生活，是不是就會像之前一樣沒有轉變……但他本人應該是沒有察覺到吧，他帶來了這些改變……如果那時候，不是剛好我看到他偷溜去小食部買汽水，而是另一個同學看到，他應該也會一樣主動問對方要不要一起偷跑，然後和那個同學開始變得友好。」

「我覺得並不是這樣啊。」詠詩溫柔地看著他，輕輕說：「他一定是因為，和你相處過後，了解到你的性格和善良，於是才會繼續和你交好，然後成為一對真正的好朋友呢。」

　　樂軒微微笑了一下，沒有回答。但過了一會兒，他忽然又問：「那你呢，你跟他在小學的時候，又是怎樣認識？」

　　詠詩回想了一下，苦笑說：「對我來說，小學時的記憶真的有點模糊呢……當初和他重遇，坦白說最初我根本不認得他是以前同班的小學同學，是後來相熟後，他跟我提起以前就讀靈糧堂小學 5A 班，我才記起他這個人呢。」

　　「但是他對你就反而一直念念不忘。」

　　詠詩臉上忍不住紅了一下，說：「再怎麼念念不忘，他後來還不是交了其他女朋友。」

　　「他是直到升上大學後，才有女朋友呢。中學的時候，有些女生暗戀他，他全部都沒有理會。」

　　聽到他這麼說，她又再想起了一些往事，於是問：「那麼

中學的時候，Raymond 就是你最好的朋友了，是嗎？」

　　樂軒呆了一下，像是不明白她為何忽然再問這個問題，但還是回道：「是啊。」

　　詠詩輕輕呼了口氣，說：「對了，你記得有一次，你來到海運大廈天台的停車場找我嗎？」

　　「記得，那天在下雨，你竟然沒有帶雨傘。」他苦笑說。

　　「嗯……為什麼那時候，你會知道我在那裡？」

她輕輕的問。

　　他看著她，忽然明白到，這天她約自己出來的真正原因。

　　但他還是選擇這樣回答：「當時是 Raymond 拜託我去找你嘛。」

　　「嗯……」她默言了一下，又說：「但是上次我跟他在天台聊起往事，原來他不記得海運大廈這個地方，他不知道我喜

歡躲在那裡看海⋯⋯」

然後，她沒有再說下去，也沒有看著他。

過了一會，他輕輕苦笑一下，回道：「Year 2 的時候，有一陣子你向學校請了一星期假期，沒有回來上課。最初本來我沒有在意，直到有一天，我因為約了人，要去海運中心一趟，無意中看到你站在天台的停車場，一動也不動的，就只有你一個人。當時我也沒有細想太多，但是我見完朋友後，要離開海運大廈時，回頭看到你仍然站在同一個位置，像是沒有想要離開的意思⋯⋯後來我才知道，原來那段時間你父親過身了，所以你才會向學校請假處理後事。」

詠詩想起過世的父親，眼眶忍不住紅了一下。她問他：「所以你才會知道，我會躲在那裡嗎？」

他微微點一下頭。

「你總是會記得我的事情呢⋯⋯」她低下頭來，默然了一會，然後又抬起臉，對他說：「如果那時候，我們有在一起的話，就好了。」

「那時候？」

「你知道的。」

然後他沒有再問。

就只是默默看著她。

「我喜歡過你……如果可以回到那個時候，我想我還是會希望，可以跟你在一起，可以去做你的女朋友……雖然那時候，你可能未必會喜歡我，可能還是會想，再確認多一點時間，再……」

「我喜歡你的，那時候。」

他輕輕回道。

「如果真的可以回到那個時候，我其實應該要勇敢一點，去面對自己的感覺，去回應你的心情……但總是事過境遷後，人才會懂得後悔，才會懂得成長。」

然後，她也沒有再說話，雙眼的淚水，再也忍不住悄悄滑落。

　　過了一會，他笑著問她：「後來那齣電影，你有跟他去看嗎？」

　　她輕輕搖頭，說：「我沒有想過要和他去看……後來我在Netflix 見到有上架，但我還是沒有打開來看。」

　　他低頭微笑一下，說：「我也是。」

　　「聽說電影拍得不錯呢，而且〈Lost Stars〉也真的很好聽。」

　　「嗯，但好像始終及不上《Once》。」

　　「還有〈Falling Slowly〉。」

　　然後他們雙視一眼，忍不住笑了。

　　這時太陽開始落下，天空與雲朵被夕陽餘暉映照成一片橙紅色，瑰麗變幻，十分好看。他們都一同看出窗外，默默欣賞

這一片景致，不想錯過與破壞這刻難得的恬靜與觸動。

但過了一會，她還是終於開口，輕輕告訴他：「下一個月，我會移民到英國的布里斯托。」

他依然看著窗外，輕輕「嗯」了一聲。

「你好像不太意外呢⋯⋯」

「認識了你這麼多年，隱約都猜得到。」

「嗯。」

「所以，你應該無法等到我咖啡店開張的那天了。」

「嗯⋯⋯」

「那也沒法子呢。」

他將目光放回到她的臉上，臉上展現著一個淡然的微笑。然後又問；「是哪一天會出發呢？」

「7 月 30 日晚上。」

「到時候我來為你送行吧。」

「嗯。」

「要不要約以前的大學同學出來聚聚？」

「好啊。」

「那我去問問他們。」他一邊說，一邊掏出手機。

「其實……」

「唔？」

　　她回看著他，這一個陪伴自己已經超過十三年的人，心裡忽然感到無比難過與不捨。她好想告訴他，自己不去英國了，好想開口問他，會不會跟自己一起去英國，好想讓他知道，他對自己來說是有多重要，好想走到他的身邊，好好擁抱這一個人，這一個如今自己最喜歡、最在意，但是他也已經遇到一個

會更珍惜他的人，他終會找到一份真正屬於他的幸福……

想到這裡，她讓自己微笑一下，搖一搖頭，說：「到時也叫倩瑩來吧。」

「好啊，我待會問問她。」

然後他繼續在手機的 WhatsApp 群組裡輸入訊息，告訴大家詠詩要移民的消息，其他同學都馬上回覆說要出來聚聚。

「大家都很不捨得你呢。」

「我也是很不捨得。」她心裡輕嘆，然後又問他：「是了，你與倩瑩約了幾點鐘？會打擾到你嗎？」

他回答她：「我們約了六點半。」

她看看手錶，原來已經六時二十分，她只好對他說：「那我們走吧。」

「嗯。」

然後他們結了賬，乘搭電梯回到地面。他問她去到布里斯托後，會有什麼打算。她回答他，去到那邊後會先努力找一份工作，因為她本身有親戚在英國，所以住宿方面反而不需要太擔心。他提醒她，聽說英國會時常下雨，出門記得要帶備雨傘。她知道他又在取笑自己，但還是輕輕點一下頭，最後兩人在商場的門口揮手告別，約定之後與其他大學同學聚會時再見。

　　十五分鐘後，樂軒一個人，回到這個商場，回到七樓的咖啡店。

　　店裡的顧客不太多，他選了他們剛才所坐的那張桌子，坐在詠詩的座位，跟侍應生點了一杯咖啡。這時夕陽已經降下，但遠處的餘暉仍是將浮雲染成淡淡的紫紅色。

　　不一會，侍應生送來了咖啡，但他還是沒有稍動，靜靜的看著窗外天空出神。

　　然後等到差不多七時三十分，倩瑩來到咖啡店，看到他的身影，於是坐在他的對面，笑問：「等了很久嗎？」

　　樂軒輕輕吸了口氣，微笑對她說：「我也是剛到。」

倩瑩摸摸他桌上的黑咖啡，沒有半點餘溫，她對他做個鬼臉，笑說：「你騙人。」

　　然後她跟侍應生點了青檸梳打，下單後她又問樂軒：「你這天做過什麼呢？又是忙著咖啡店的裝潢嗎？」

　　他緩緩搖一下頭，過了一會對她說：「之前我約了詠詩，我們談了一會兒。」

　　「嗯，你們應該很久沒見了？」

　　「差不多一個月吧。」

　　「她最近好嗎？」

　　「應該還好。」

　　倩瑩看著他，心裡有點痛，她問他：「你還是不打算告訴她真相嗎？」

　　但他就只是繼續輕輕搖頭。

倩瑩輕吸一口氣，從手袋裡拿出一張請柬，這是她今天約樂軒出來的其中一個目的。樂軒看到請柬，神色像是變得有些寬容，他笑著從她手上接過請柬，衷心的對她說：「恭喜你們啊。」

「謝謝你。」

倩瑩微笑看著他，這一個曾經喜歡過的人。

只可惜他有一個更喜歡，也一直無法放下的人。

　　過了一會，她又再問他：「你真的不打算告訴她嗎，總有天她會發現，我們其實沒有在一起……」

　　但是他打斷她，緩緩說：「原來下個月，她會移民到英國。」

然後倩瑩啞住了。

不一會，侍應生送上了青檸梳打。

· 但是她已經沒有心情再喝。

夜深，樂軒乘車前往土瓜灣，回到還未開業、仍在裝潢的咖啡店。

他拉開鐵閘，打開燈，店裡仍是亂糟糟的，四處仍擺放著各種裝潢的材料。

按照本來的計劃，裝潢師傅明天開始會為牆壁進行翻新及鋪好地磚，還有完成水吧的裝潢及店內的抽風系統，大約需要再多一個月的時間，到時特別訂製的櫥櫃與桌椅也應該會送到。

然後再聘請店員、驗收裝潢、準備食材、試營運，處理好其他瑣碎事務，應該可以趕及在八月十二日開店。到時候，他會邀請她做第一位客人，在那一個專屬於她的位置，為她沖調她最喜歡的黑糖牛奶……

這是他本來的計劃。

他拿出手機，按了幾個鍵，致電和他一起投資創業的朋友。不一會電話接通了，他說：「有一件事我想跟你商量。」

「嗯，什麼事呢？」

「店鋪的名字，我想改名。」

「唔……現在的名字不好嗎？」

「不是不好，但我想刪去『詩』這個字。」

「嗯……其實我沒有所謂，雖然我覺得現在的名字其實也很不錯。」

「抱歉。」

「不用抱歉啊，明天早上你有空嗎？我們再一起構思其他名字吧。」

「嗯。」

他收起手機，關上店內的燈，將鐵閘放下，看看手錶，還沒有回家的心情，於是他橫過了馬路，在街上漫無目的地四處遊逛。

不一會，走到浙江街，他遠遠見到她以前住過的益豐大廈，還有那一個已經沒有人跡的天台。他不禁停下了腳步。然後他又再想起，那一夜她從電梯步出時，臉上那一副喜悅期待的神情。

那是他所見過，最美最動人的一張臉容。

他低下頭，讓自己微笑了一下，然後移動腳步，往未知的方向繼續走去。

When someone
you loved
becomes a memory

後記

/

I

· · · · ·

如果始終無法放下，

那就讓她變成一個回憶。

· · · · ·

你試過始終放不下一個人，或一些事情嗎？

其實你知道，有些人與事並不可能真的完全放下，尤其當自己是曾經付出過很多感情與時間在裡面，但並不是花上同等的時間與冷漠，你就能夠逃離出來。但你還是會好想暫時放下或淡忘，那些人與事所帶給你的傷害和鬱結，那些回憶的沉重與刺痛。

然後，每天每夜，你都努力提醒自己，要放下，要淡忘，要積極，要重生。然後，春去秋來，你發現自己好像已經放下了一點執著，但又重新記起了另一些遺憾，同時也累積了更多疲累與挫敗感。放下本來是一個讓你可以重生的契機，但也成為了一個讓自己無法翱翔的包袱與囚牢。

很多年後，你或許會漸漸忘記了，當初是為了什麼想要放下，只知道自己還是無法重新開始，還是會時常不自覺地，回到那一個故事的起點，想要再重來一次，想要再盡情地認真一次……然後又會再提醒自己，是時候應該要放下了，為什麼自己還不捨得去放下，自己是不是就不可能得到，一份屬於自己的幸福與自在。

When someone
you loved
becomes a memory

但其實，最後是否可以得到幸福，並不是看我們有沒有放下一些什麼，也不是看我們有沒有遇到另一個人，願意接住這一個傷痕累累的自己……如果這個世界，只有相戀的人才可以得到幸福，那就是一個太讓人寂寞的世界。幸福應該有很多種面貌吧，應該還有很多很多個未知的可能。再推想開去，人生也應該不是只會有幸福這一種調味，也會有刻骨的心痛，會有無言的錯過，會有感動的重逢，會有漫長的等待，會有甜蜜的心動，會有絕望的心死……然後這些調味與經歷，終有天會醞釀成一段又一段珍貴的、也不可再重來的回憶；然後，因為擁有及累積了這些會讓人或哭或笑的回憶，我們明天才可以繼續往前邁進一小步，去尋找或遇見更多的可能及未來，或成為別人生命裡其中一段最美好的曾經與回憶。

　　這樣的想法或許有一點傻，但如果無法放下，反而會為我們自己帶來更多痛苦，那麼偶爾去發傻半天，暫時放過一下自己，其實也可以啊。

　　真的，也可以啊。

When someone
you loved
becomes a memory

後記
/
II

· · · · ·

愛你的人，懂你的人，陪你的人，

有時真的不一定需要是同一個人。

· · · · ·

溫馨提示：如果您還沒有看過《讓我最放不下的人》這本書，請暫時無視這篇後記；待將來看過《讓》後，再回來讀這篇，會比較好。

　　《讓我最放不下的人》與《在你變成回憶之前》這兩個故事，是源於四年前的夏天，在台北想到的一個長篇故事雛形。當時故事名字也已經想好了——《沒有答案的愛情》，和總編 Q 商量過，打算在十一月或十二月出版，等我回香港後就開始動筆。

　　只是如大家所知道的，後來發生了很多事情，不論是香港，或是整個世界。有一段時間，我覺得這個故事可能無法再寫下去了，因為有很多人與事，已經跟我從前所認識與理解到的，變得很不一樣。也有一些夜深，我逃避似地不斷滑著手機，覺得自己或許已經錯過某些最美好燦爛的時光，而且無法再重來，就等著我自己決定什麼時候放棄。很多悔悟很多藉口很多無力很多錯失，結果最想完成的事情，反而變得越來越遙遠。有時會覺得自己在苟延殘喘，有時又會覺得再怎麼樣也沒有所謂。總而言之，就是迷失。

直到去年，寫完《明年見，明天見》這本短篇小說集，情況才稍微變好一點，可是還是找不到明確的方向。直到八月的一個下午，跟一位認識超過十年、但第一次見面的朋友閒聊時提起，有一個長篇故事可能無法再寫下去了，因為有很多事情，跟我最初構思的時候變得不再一樣。但是朋友聽見後，反而問我，為什麼不可以寫下去呢，就算世界不再一樣，但我們還是可以在這個世界裡，去訴說那一個可能無法再回去的故事。感謝宇宙可以讓我認識這一位朋友，可以有一個機會跳出框框，回看那一個原來不敢往前的自己。然後也因為這一點牽引，令我記起原來可以透過不同的角色、從不同的起點出發，為這個故事增添更多思考空間與發展可能，也讓我可以更自由地發揮，逐漸找回自己的節奏與初衷。

　　人與人的相遇及錯開，有著很多可能性，也有著更多不可知的界限與無奈。就好似，我們先認識哪一個人，會對同一件事情可以有截然不同的觀感與認定。又例如，某些我們確信的命中註定或錯過遺憾，原來是源自另一個我們不會相遇的人，但自己也是永遠都不可能會知道真相，甚至還會為此而耿耿於懷。然後偶爾，我們會在同一個起點出發，卻走上了看似一樣但又不盡相同的道路。然後偶爾，我們歷盡千帆，以為再不會遇到可以明白或陪伴自己的人，但也正因為我們從不同的地方出發，

見識過不一樣的世界，反而擁有更多理解與包容彼此的善意及智慧，讓我們可以走得再遠一點，再去成全更多。愛你的人，懂你的人，陪你的人，有時未必是同一個人。看似是一個遺憾，但或許亦正因為人生會有這一種遺憾，所以我們才會學懂或接受，所謂幸福，所謂生活，原來真的不會只有一種可能，不會永遠只有一條出路。

最後請讓我在這裡，好好答謝一些人。感謝魚，和我一起走過了這些年。感謝 Big，讓我記起創作應該是沒有界限。感謝馨紫，提議了「樂軒」這個名字。感謝很多朋友，在我一而再已讀不回後，仍然願意對我不離不棄。感謝訂閱我 Patreon 的每一位，在我感到困難時主動伸出援手支持。感謝春天出版與總編 Q，給我最大的自由、包容與支援。感謝每一位寫讀後感給我的朋友，你們對故事的感想及個人分享，都是讓我繼續寫下去的最大鼓勵。感謝在網路上一直默默讚好或留言的朋友，讓我在無數次想要放棄的時候，重新記得自己並不孤單。最後最後，真的無比感謝，可以讓我在這一年寫完《讓》與《在》這兩個故事，因為裡面包含了很多我自己的想法及習慣、喜歡的歌曲和電影、會流連的地方或食店、一些我想記錄下來的難忘與重要時刻。謝謝您們給我這一個機會，可以透過寫作，再一次體會和記起這些美好及珍貴的人與事。我不知道，將來還會

不會有這樣的機會，但可以和您們一起走到這裡，我真的覺得很幸福。

謝謝您們。

Middle

2023 年 6 月 29 日凌晨

When someone
you loved
becomes a memory

When someone
you loved
becomes a memory

在你

變 成 回 憶 之 前

MIDDLE 作品 11

在你變成回憶之前 / Middle著. -- 初版. -- 臺北
市 : 春天出版國際文化有限公司, 2023.07
　　面；　公分. -- (Middle作品；11)
ISBN 978-957-741-715-2(平裝)

857.7　　　112010110

作　　　者	Middle
總 編 輯	莊宜勳
主　　編	鍾靈
封 面 設 計	克里斯
排　　版	三石設計
出 版 者	春天出版國際文化有限公司
地　　址	台北市大安區忠孝東路四段303號4樓之1
電　　話	02-7733-4070
傳　　眞	02-7733-4069
E － m a i l	story@bookspring.com.tw
網　　址	http://www.bookspring.com.tw
部 落 格	http://blog.pixnet.net/bookspring
郵 政 帳 號	19705538
戶　　名	春天出版國際文化有限公司
出 版 日 期	二○二三年七月初版
定　　價	320元
總 經 銷	楨德圖書事業有限公司
地　　址	新北市新店區中興路二段196號8樓
電　　話	02-8919-3186
傳　　眞	02-8914-5524